CW01023644

LES GUERRES INTÉRIEURES

Valérie Tong Cuong a publié douze romans, dont les très remarqués *Pardonnable, impardonnable*, *L'Atelier des miracles* et *Par amour* (Prix des lecteurs du Livre de Poche). Elle écrit également pour le cinéma et la télévision.

Paru au Livre de Poche :

PAR AMOUR

VALÉRIE TONG CUONG

Les Guerres intérieures

ROMAN

JC LATTÈS

© Éditions Jean-Claude Lattès, 2019.
ISBN : 978-2-253-10202-1 – 1re publication LGF

À Éric.

« Ma vie est la vôtre, votre vie est la mienne, vous vivez ce que je vis ; la destinée est une. Prenez donc ce miroir, et regardez-vous-y. »

Victor HUGO, *Les Contemplations*, préface.

Un cri, oui

Il n'a plus ressenti une telle excitation depuis longtemps, une énergie belliqueuse qui balaie ses regrets, la sensation enivrante que son jour de chance est venu, le délivrant d'une vie de frustrations. Il l'a tant attendu, essuyant les échecs et les humiliations lors des castings, les commentaires narquois sur son manque de charisme, sa voix trop aiguë et son C.V. d'acteur de seconde zone – cela malgré sa participation à une série télévisée de qualité qui a vu s'envoler les audiences de la chaîne. Il a vécu des décennies alternant les rages muettes, les nuits amères allongé en position fœtale et les consolations éphémères, noyé dans les chairs moites des femmes qui n'étaient jamais celles dont il rêvait, mais celles qu'il faisait rêver.

Quand s'est-il résigné ? Il ne saurait déterminer la date, c'est un glissement pernicieux et constant qui l'a fait plier, comme le vent régulier des tropiques courbe le tronc des arbres et les lianes des bougainvillées.

En revanche, cet instant où tout a basculé, bifurqué, cet instant où ce qu'il croyait impossible s'est produit, Pax en aura pour toujours la conscience précise. Au seuil de sa mort, il se souviendra encore avec clarté de ce 23 septembre, lorsque la sonnerie de son téléphone a interrompu une séance de travail intense, créant l'agacement de sa partenaire. Il se souviendra des efforts déployés pour contrôler le séisme intérieur que provoquait cet appel et des mots choisis pour amadouer Élisabeth : *Sveberg veut me voir, c'est la preuve de l'existence de Dieu, n'est-ce pas ?*

Il a ri comme s'il s'agissait d'un simple trait d'esprit, quand il éprouvait la certitude profonde qu'un miracle venait de se produire.

Élisabeth a refermé ses classeurs, son agacement s'est mué en admiration puis en satisfaction. Elle a pensé qu'elle avait eu du flair en le recrutant chez Théa & Cie. S'il obtenait ce rôle, elle corrigerait la présentation du module « Coaching par le théâtre ». L'impact serait immédiat sur ses clients, flattés de donner la réplique à un comédien engagé par Peter Sveberg. S'il ne l'obtenait pas, on raconterait l'histoire en l'embellissant, le fait d'avoir été repéré par un réalisateur multi-oscarisé suffirait à construire une petite légende.

— File, a-t-elle lancé à Pax avec un sourire paternaliste, comme si elle lui accordait une faveur.

Femme d'affaires avertie à la triple formation de psychothérapeute, psychosomaticienne et coach, elle a compris avant tous les autres l'intérêt du théâtre et des jeux de rôles dans l'entreprise, puis l'importance grandissante des risques psychosociaux. Une des raisons de sa réussite tient à son aptitude à déceler la vulnérabilité de ses interlocuteurs, une autre à son art de transformer et réécrire les situations en modifiant les points de vue. Ainsi, elle a convaincu Pax de sacrifier un samedi après-midi pour travailler avec elle à rattraper le retard qu'elle a accumulé, mais c'est lui qui se sent légèrement coupable alors qu'il quitte le bureau en trombe.

De ce sentiment de gêne, mêlé à celui, intime, étourdissant, d'être l'objet d'un plan mystique qui le dépasse, l'envahit et le transporte, il se souviendra aussi pour le restant de ses jours en songeant à ce qui a suivi. Chaque fois qu'il lira dans le journal les récits spectaculaires de ce jeune couple, gagnant d'un fabuleux voyage, dont l'avion s'est crashé au milieu de l'Atlantique, de cet ex-millionnaire du loto ruiné et dépendant des aides sociales ou de cet homme dont l'auto s'est encastrée dans un platane alors qu'il se rendait à son mariage, Pax se reverra, euphorique et candide, courant vers son propre abîme.

Il slalome à présent avec fluidité sur le trottoir, évitant les poussettes, les bancs publics assaillis d'adolescents désœuvrés, les personnes âgées sorties profiter d'un soleil d'automne généreux. Il les voit à peine, son corps semble doté d'une intelligence autonome tandis que son esprit demeure concentré sur l'annonce prodigieuse faite par son agent : Sveberg, venu procéder à des repérages dans la capitale, a décidé d'ajouter un personnage à son scénario. Un petit rôle, mais qui aura son importance, celui du barman d'un hôtel de luxe à l'oreille attentive et à l'épaule solide. Pax possède l'allure et le charme typiquement français qui conviennent, a affirmé Gaspard qui se targue d'avoir la confiance du réalisateur, réputé pour son instabilité et ses excès de colère.

À vrai dire, Pax fait partie d'une négociation plus large dont il n'est qu'un alinéa. Son agent représente deux des acteurs principaux du film, il s'est entendu avec la directrice de casting qui travaille en parallèle sur un autre projet et espère son appui. Ils ont déplacé ensemble quelques pions sur l'échiquier, cela s'est joué en moins d'une minute.

Peu importe le procédé : chacun sait comment fonctionne le système et chacun y trouve son compte. Pax a fait semblant de croire Gaspard lorsque celui-ci a assuré s'être battu pour obtenir la rencontre. Il sait pertinemment que la réalité est bien différente, que ce quart d'heure accordé par Sveberg dans son agenda chargé n'a pas été « dégagé » pour lui, mais qu'au contraire il permet d'optimiser une case vide. Il mesure combien la fenêtre de tir est étroite, en regard d'un objectif inouï. Voilà pourquoi il presse le pas : Gaspard lui a recommandé de porter un costume, Sveberg « verra » d'emblée son personnage, a-t-il insisté, cela pourrait être décisif, alors le téléphone raccroché, Pax a calculé l'itinéraire qui le mènera des locaux de Théa à son appartement (vingt-cinq minutes), où il enfilera chemise, veste et pantalon, nouera une cravate (cinq minutes), puis de son appartement au bar du Lutetia (vingt-cinq minutes).

Cela lui laisse une courte marge. De quoi compenser l'arrêt prolongé d'un métro pour régulation du trafic, mais pas une panne de signalisation, encore moins un accident voyageur, se surprend-il à penser et aussitôt, il s'en veut de faire preuve de cynisme, cela ne lui ressemble pas, il a pu se montrer désabusé, jaloux, mais cynique, ça non. C'est d'ailleurs un sujet de discorde récurrent avec sa fille, elle moque son attitude politiquement correcte, il lui reproche son pragmatisme teinté de matérialisme – son cynisme donc. Cassandre s'en défend, dénonce un monde bien plus contraignant, fermé qu'à la génération précédente, argue qu'il est plus facile d'avoir de l'empathie, d'agir en être responsable lorsque l'on a par le passé joui sans entrave, exploité tout le potentiel de sa jeunesse – puis elle finit par interrompre la conversation, vaincue par la maîtrise du verbe de son père, cette rhétorique solide qu'il doit à des années de pratique du théâtre et qui lui confère un avantage injuste.

Pax chasse ces réflexions parasites. Il sort du métro, vérifie l'heure sur sa montre. Une fois encore, il est frappé par le contraste entre l'agitation qui cerne la place de la Bastille, d'où il arrive, et le calme qui règne près de chez lui, dans ce quartier où les rues portent des noms bucoliques et prometteurs, rue de l'Espérance, de la Providence, des Orchidées, mais sont bordées de petits bâtiments grisâtres et sans âme. Son esprit s'attarde un instant sur le silence environnant, s'en nourrit, cherche à suspendre le temps, comme un athlète olympique s'offre quelques secondes de répit avant de tenter l'exploit sous les yeux du public.

Dans trente-cinq minutes, Pax à son tour fera face à son plus grand défi. Il réalise brusquement ce que son parcours médiocre avait de confortable.

Jusqu'ici, il pouvait mettre le plafonnement de sa carrière sur le compte d'un système inique, d'un agent décevant. Il laissait entendre aux autres qu'il était un génie méconnu. Combien de fois a-t-il prononcé cette phrase ?

« Si seulement on m'avait donné ma chance. »

Eh bien, *on* la lui donne, cette chance. *On* la lui sert sur un plateau d'argent. Il n'est pas pressenti pour un obscur film d'auteur ou une comédie populaire, non, *on* l'appelle pour tourner avec Peter Sveberg. Le voici propulsé dans une configuration binaire : il réussit ou il échoue. Il démontre qu'il a du talent ou bien qu'il méritait ce chemin étriqué.

Le croassement métallique d'une corneille l'extrait de ses divagations. Il se ressaisit, sort son trousseau de clés, grimpe l'escalier quatre à quatre en répétant mentalement les gestes à effectuer, serviette fraîche pour détendre les traits, eau de toilette pour masquer la transpiration, costume, chemise, cravate.

C'est au moment où il enfile sa veste qu'il prend conscience du bruit. Dès qu'il est entré, pourtant, la violence des craquements, les tremblements du plafond, le grincement des cloisons auraient dû l'alerter, mais sa concentration l'a mis à distance de la réalité. Il faut ces grognements étouffés, ces cavalcades étranges pour qu'il commence à douter et dirige son attention vers l'étage supérieur. Il ne sait rien de son voisin – ou sa voisine –, si ce n'est qu'il ou elle a dû emménager au début du mois. En août, il se souvient d'avoir vu la pancarte d'une agence immobilière accrochée au garde-corps de la fenêtre. Il n'a jamais croisé personne dans l'escalier, le couloir ou le hall – du moins personne qu'il ne connaisse déjà. Il n'a jamais été gêné par une musique trop forte, le seul indice qui lui revient, c'est ce nom sur la boîte aux lettres qui jouxte la sienne, écrit au marqueur sur une étiquette collée de travers, « A. Winckler ». Dans cet immeuble de trois étages, seuls deux appartements sont occupés par des locataires, les autres le sont par des sociétés. C'est ce qui l'a séduit lorsqu'il a visité, la perspective d'un lieu presque vide les soirs de semaine et le week-end – il aime pouvoir déclamer ses rôles sans avoir à se contenir ni modérer le volume de sa voix.

Le bruit enfle, celui de meubles, de corps qui chutent, c'est une lutte sauvage qui se déroule au-dessus de lui, n'importe qui dans un état normal identifierait qu'il se produit quelque chose de grave, mais Pax n'est pas dans un état normal, il affronte son destin, les faits et leurs interprétations lui parviennent déformés, portés par de multiples voix intérieures, c'est une dispute, pense-t-il, rien d'important : tu en as connu combien, de ces éclats, lors de ton divorce ? Vraiment, cela ne te regarde pas : de quoi aurais-tu l'air, à débarquer au milieu d'un conflit privé ? Si encore c'est un conflit ! Ne serait-ce pas plutôt ton imagination qui se joue de toi ? As-tu entendu des injures ? Un appel au secours ? Un cri, oui. Un seul, bref de surcroît. La vérité, c'est que tu as une sensibilité suraiguë, tu absorbes les événements, tu en dessines le scénario, c'est le propre du comédien, il s'approprie les informations et les sensations, il les amplifie.

Pétrifié face au miroir de la salle d'eau, Pax observe l'homme qu'il est devenu, un physique correct, un beau visage (un visage de vieux beau, lui a lancé Cassandre, un jour de mauvaise humeur) mais un corps plutôt fluet, il n'a jamais été sportif, n'a jamais pratiqué de sport de combat hormis deux ans plus tôt, le temps d'un tournage, pour incarner le bras droit d'un chef mafieux : rien qui permette de s'interposer avec confiance. Il y a même fort à parier que la peur ferait de lui la première victime – à cette seule pensée ses jambes mollissent et son pouls s'emballe.

« Quel idiot, se rassure-t-il à voix haute, se mettre dans un état pareil alors qu'à coup sûr ils sont juste en train de déplacer un lit ou monter une commode. »

Il jette un œil honteux à sa montre, sa marge de précaution a fondu à force de tergiverser, il doit partir maintenant ou prendre le risque de rater le dernier train de sa réussite, voyons, aurait-on mis sur sa route une telle opportunité pour l'en priver une heure plus tard ? Il envisage brièvement de prévenir la police mais s'abstient, il lui faudrait rendre des comptes, peut-être même lui demanderait-on de rester sur place jusqu'à l'arrivée des agents. Il se souvient d'avoir appelé le 17 voilà quelques années pour signaler le vol du téléphone portable de Cassandre et d'avoir attendu une éternité en écoutant le message en boucle, *vous avez appelé la police, ne quittez pas* – assez longtemps pour se faire assassiner cent fois. Sans compter qu'il ne s'agit de rien de grave, il en est certain désormais : le silence est revenu, un silence complet, à croire qu'il a rêvé tout cela.

Il est 16 h 36, il verrouille sa porte, sa cravate dans la poche, aperçoit le dos d'un homme qui dévale les marches, disparaît, c'est une image fugitive qu'il chasse immédiatement, réservant la totalité de l'espace libre de son cerveau à son entrevue avec Sveberg.

À 16 h 59, il franchit le seuil du Lutetia.

Son pas irrégulier, nerveux, trahit le mélange de désarroi, de confusion et de fièvre qui le consume, il est ce marathonien impuissant qui s'écroule devant la ligne d'arrivée, consentant à sa défaite.

Peter Sveberg sourit. Il tient son personnage.

Silence

Nous trouvant au service [...], poursuivant l'enquête de flagrance [...] sommes destinataires du certificat médical initial délivré par le médecin des urgences de [...] après examens effectués ce jour sur monsieur Alexis Winckler, âgé de dix-neuf ans, certificat mentionnant que la victime présente les caractéristiques suivantes :

– Coma d'emblée score GCS 11, contusion du lobe temporal avec impact crânien occipital ;

– Hématomes multiples de la face, des épaules, du thorax, plaie de la jambe droite ;

– Fractures multiples costales droite et gauche étagées ;

– Fracture ouverte de la jambe droite, tibiale ;

– Contusion de la main gauche avec fracture de Bennett ;

    – Fracture du malaire droit et du plancher des deux orbites, des os propres du nez, hématomes des parties molles ;
    – Plaie du bord libre de la paupière supérieure droite, plaie conjonctivale en région temporale, cataracte traumatique sous-capsulaire postérieure, hématome sous-rétinien associé à une rupture de la membrane de Bruch, fracture du mur interne du globe oculaire, hémorragie intra-vitréenne, soit une atteinte lésionnelle grave à l'œil droit, hématome rétro-orbitaire et souffrance du nerf optique.

C'est la mère d'Alexis qui découvre son corps.
Sans nouvelles, elle a pris le double des clés et s'est rendue chez lui.
Son fils est étendu sur le parquet, inconscient, visage tuméfié, ensanglanté, jambe droite en équerre.
Le silence.
Elle s'effondre.

Don't

Le film aura pour titre *Don't*. Le synopsis apparaît déjà sur les sites spécialisés : « Jon recrute dix complices pour opérer le braquage du siècle, mais ces derniers sont loin d'imaginer qu'ils sont l'objet d'une vengeance personnelle. À mesure que le plan s'exécute, chacun tombe. »

Matthew McConaughey tient le premier rôle masculin, c'est lui qui s'épanche auprès de Pax – ou plutôt de ce barman sombre mais judicieusement éclairé sur la nature humaine. Cinq répliques, une heure de tournage, l'acteur s'est montré attentif, il l'a félicité et lui a serré la main en quittant le plateau (à la différence de Sveberg qui s'est contenté d'un geste vague). Pax s'est senti traité d'égal à égal, il est lucide, conscient qu'il s'agit d'une politesse sans engagement, McConaughey a dû oublier son nom à peine la porte du studio refermée derrière lui, mais lui s'applique à retenir l'essentiel, il sera au générique de l'une des plus grosses sorties annoncées pour l'année suivante. Une fois le film en salles et l'extrait ajouté à sa bande démo, sa carrière prendra une autre allure. Il travaillera mieux et plus souvent, il quittera Théa & Cie ou bien interviendra au compte-gouttes, en dépannage, car il tient à exprimer sa reconnaissance à Élisabeth qui lui a permis de vivre décemment et s'est montrée très souple ces derniers mois : il a cumulé les maladresses, les retards, il a fait preuve de désinvolture voire d'insolence face à certains clients, il a changé d'apparence, il flotte dans son costume, il a repris la cigarette arrêtée deux ans plus tôt et promène avec lui une écœurante odeur de tabac brun.

Élisabeth n'a aucune idée du véritable motif de sa transformation. Elle met sa nervosité sur le compte du film, de ce qu'il représente, cette certitude d'être un jour un comédien reconnu que Pax avait enterrée et qui revient aujourd'hui avec fracas. Elle la tolère parce qu'elle y relève la démonstration que tout est possible – et donc, que ses propres rêves enfouis pourraient se réaliser. Elle n'exclut pas l'éventualité pour Pax d'une ascension tardive et éclatante dont elle pourrait tirer avantage, à la manière d'un Christoph Waltz, passé d'*Inspecteur Derrick* à *Inglourious Basterds*. McConaughey n'a-t-il pas été le roi de la comédie romantique avant de devenir cette star désirée par le tout-Hollywood ? En somme, elle fait un pari sur l'avenir pour une mise raisonnable.

Pour l'heure, rien n'est acquis : Sveberg est en montage. Pax lui-même n'a aucune idée du résultat final, il découvrira le film au moment de la projection réservée à l'équipe, or ce qui se joue là dépasse la question de son curriculum vitæ, c'est la chance de clore la guerre intérieure qui l'obsède et le gangrène depuis plus d'un an, de justifier ses choix et ses mensonges, d'apaiser une colère dont il ne mesure pas l'égoïsme et qu'il modère seulement grâce aux anxiolytiques.

Au moins vient-il d'avoir des nouvelles, à l'instant même où il s'affale dans le taxi : un SMS de Gaspard l'informe d'une date probable autour de la mi-décembre. Élisabeth lit par-dessus son épaule, contient un soupir de soulagement, enfin nous y voilà ou presque, songe-t-elle, la médaille, la récompense ! L'humeur de Pax s'est encore dégradée avec l'arrivée de l'automne, malgré un soleil entêté et des températures qui frôlent les 25 degrés en octobre. Ce message vient à point nommé alors qu'ils se dirigent vers Demeson, une entreprise de déménagement dont la responsable QHSE[1] envisage de confier à Théa & Cie une formation en gestion du risque à la suite d'un décès accidentel. La

---

1. Qualité, Hygiène, Sécurité, Environnement.

veille, Élisabeth a insisté auprès de Pax pour qu'il se conduise avec élégance et retenue, redoutant les effets de son agitation sur une interlocutrice qu'ils n'ont jamais rencontrée, mais dont elle pressent, à travers leurs échanges de mails, la rigueur, voire la rigidité – sans doute un atout pour s'imposer dans un univers masculin réputé pour sa rudesse.

Elle a d'ailleurs été surprise de découvrir qu'il s'agissait d'une femme au hasard d'un accord de participe passé : les premiers courriers étaient signés E. Shimizu et elle était convaincue d'avoir affaire à un homme. Cela l'a agacée, cette emprise d'une culture sexiste qui l'a menée à un tel raccourci – domaine du déménagement, donc homme –, elle, une femme libre, indépendante, entrepreneuse, portant haut des valeurs progressistes. Elle s'en est voulu plus encore d'éprouver une forme de méfiance en consultant le profil d'Emi Shimizu sur LinkedIn (le seul réseau social sur lequel son nom apparaissait), lorsqu'elle a découvert qu'il s'agissait d'une jolie Franco-Japonaise, la quarantaine, multidiplômée et au parcours professionnel riche : comme si ce cocktail de beauté, d'expertise et d'exotisme était suspect.

Emi Shimizu les attend devant l'ascenseur, au huitième étage. Elle est vêtue d'un tailleur désuet, la jupe sous le genou, porte des talons hauts pour compenser sa petite taille. Ses cheveux noirs sont noués en chignon et piqués de deux fleurs en tissu brodé. Elle offre un sourire déroutant, à la fois plein de grâce et comme étranger aux lèvres qui l'affichent, ce que Pax attribue aussitôt à son origine asiatique, confondant mystère et distance – à vrai dire Emi Shimizu est à distance d'elle-même, mais cela, il le découvrira plus tard. À son attitude, au ton respectueux qu'il emploie, Élisabeth souffle : Pax sera correct, il ne franchira pas de ligne rouge, il est impressionné et même plus, il est sous le charme. Elle reconnaît chez lui cette expression qu'elle ne lui a plus vue depuis un an, celle d'un homme – d'un comédien – qui cherche à plaire, à séduire, à être regardé comme aucun autre. À présent, attentif, il écoute Emi Shimizu exposer sa problématique avec clarté : Demeson affronte une situation de crise, un salarié est mort dans une sortie de route, c'est le deuxième accident de ce type en six mois, et encore, accident, en est-on vraiment sûr ? Christian P. s'est-il endormi ou bien a-t-il lâché le volant volontairement ?

Emi Shimizu baisse la voix, il est clair qu'elle a autre chose en tête, un suicide, elle a étudié avec soin le cas de cet employé à la compétence indiscutable, acquise sur le tas, qui a gravi les échelons, aide-déménageur, déménageur, déménageur-conducteur, chef d'équipe puis chef de zone avec un management – elle hésite sur les

termes – « à l'ancienne », « d'homme à homme »,
reposant sur les règles tacites du respect de la
parole donnée et du travail bien fait. Christian P.
n'a compté ni ses heures, ni sa fatigue durant
trente ans et jusqu'au printemps dernier, lorsque
l'entreprise a été rachetée par Demeson. C'était
une opportunité, une ouverture à l'international,
on l'a convoqué avec les autres chefs de zone pour
leur annoncer que les méthodes allaient changer
dans l'intérêt de tous. On lui a mis des jeunes dans
les pattes, plus exigeants sur leurs conditions de
travail, moins investis, avec qui il n'a pas réussi à
communiquer et qui se sont mis en grève au bout
d'une semaine, un mouvement qu'il n'a pas su
contenir. Après ça, les RH lui ont proposé une
rupture conventionnelle, on lui a parlé de « transition de carrière », mais pour Emi cela ne fait aucun
doute, il s'est senti dégradé, comme si ces trente
ans ne comptaient pas, il s'est senti atteint dans
son honneur et même dans son identité, parce qu'à
ce niveau d'implication, la confusion règne, on se
définit à travers son poste et son titre. Christian P.
s'était élevé, avait trouvé dans son travail un sens à
sa vie et soudain, on lui montrait la porte en se foutant de sa gueule, on lui enlevait tout ce qu'il avait
construit, voilà qui pouvait sérieusement ébranler
un homme.

Elle a prononcé ces mots-là, « en se foutant de sa gueule », commettant un étonnant virage de style, et cela a fait sursauter Pax et Élisabeth bien que d'une certaine manière ils s'y soient attendus – quelque chose avait dérapé juste avant dans sa voix. Emi Shimizu se reprend, précise sa pensée : elle se rend compte qu'elle a émis des suppositions sur les intentions de Christian P., or ses proches plaident qu'il n'aurait jamais mis délibérément ses deux collègues en danger – ils ont été blessés dans l'accident, par chance sans trop de gravité.

— L'enquête n'a pas déterminé la cause, malgré les moyens techniques dont on dispose à notre époque ? s'étonne Élisabeth.

Le regard d'Emi Shimizu oblique vers le mur, elle a quitté momentanément la pièce, non physiquement mais sur le plan psychique, sa conscience a fugué, dévissé, elle brasse les alluvions déposées dans son cœur par le fleuve de sa propre histoire, c'est bref, imperceptible, la voici déjà de retour.

Elle poursuit son exposé : sa direction a décidé de mettre en place de nouveaux outils de formation aux risques psychosociaux et à la sécurité. Elle a pensé à Théa & Cie, elle croit aux vertus organiques du théâtre, plus qu'aux présentations PowerPoint. Elle tend à Pax et Élisabeth des documents qui répertorient les objectifs (former les encadrants, améliorer les passages de consignes et le respect de la réglementation sur les bons gestes, le temps de travail et de repos) et les risques dont la liste paraît sans fin, risques corporels (lombalgies, dorsalgies, coupures, contusions, fractures entraînées par la manipulation d'objets lourds, encombrants, chutes d'objets mal arrimés, chutes lors d'intervention en hauteur, accidents routiers, allergies causées par les déplacements de poussière et la pollution à l'arrière des camions) et risques psychologiques, face aux attentes et aux commentaires désobligeants de clients tendus, craignant le vol et le bris d'objets précieux, les peintures abîmées, les fenêtres dégondées et les parquets rayés, face aussi à des comportements routiers agressifs, stupides, face encore à un environnement familial qui supporte plus ou moins bien les contraintes horaires et un état de stress continu.

Elle s'interrompt. Élisabeth a pris des notes, elle a cette posture ferme et rassurante d'une femme d'expérience qui possède toutes les clés.

— Il y a autre chose, ajoute Emi Shimizu. Déménageur, c'est perçu comme un petit boulot que même des simples d'esprit peuvent effectuer dès lors qu'ils sont un peu musclés. Un boulot ingrat que l'on accepte faute de mieux, parce que l'on n'est pas assez bien pour le reste. Il faudra prendre ça en compte, la frustration, la blessure narcissique, la sensation qu'ils ont d'être déconsidérés, des hors-caste.

Pax tressaille. C'est lui qu'Emi regarde, qu'elle fixe depuis quelques minutes. Il semble à la jeune femme qu'il comprend tout, absolument tout ce qu'elle explique, c'est-à-dire le cas de Christian P., la nécessité d'une formation pour Demeson, mais aussi son rapport au monde et ses propres peurs, glissées entre les mots. Elle a relevé la manière dont Pax a eu le souffle coupé lorsqu'elle a parlé d'idéal brisé, de frustration, d'abîme, quand Élisabeth, les yeux rivés au clavier de sa tablette, ne manifestait pas la moindre émotion. Elle ne s'attendait pas à cela, à cette ouverture qui se crée discrètement dans son ventre et l'électrise, déplaçant malgré elle les mille voiles qui enveloppent et assourdissent sa douleur. Elle ne s'attendait pas à ce désordre brutal dans son cœur, à cette fébrilité qui s'insinue dans chacun de ses organes. Son trouble la déborde, gagne Pax, une conversation silencieuse s'installe entre eux, de courte durée néanmoins car elle se lève pour faire diversion et mettre fin à sa propre fascination, alertée aussi bien par un sixième sens qui lui chuchote que cet homme est dangereux, que par sa conviction qu'elle n'a plus ni le temps, ni l'espace, ni le droit de s'autoriser une relation privée, qu'elle soit sensuelle, sexuelle ou sentimentale.

Élisabeth se lève à son tour pour conclure : elle a déjà en tête des modules, des outils adaptés à la problématique, « ce sera satisfait ou remboursé ! » lance-t-elle – elle adore détourner les codes de la grande distribution, c'est un procédé qui surprend et fonctionne à tous les coups. Elle a observé l'attraction exercée par Pax sur sa cliente et s'en réjouit, s'en amuse, à quoi tient parfois la signature d'un contrat ? Ce soir, elle adressera à Emi Shimizu une proposition chiffrée en précisant que Pax sera aux commandes de la formation. Demain, elle aura un accord, le premier acompte sera versé et le calendrier d'interventions fixé. C'est une affaire rondement menée, fluide et productive comme elle les aime, qui devrait permettre à Théa & Cie de terminer l'année dans le vert.

Tandis qu'Emi Shimizu les raccompagne jusqu'à l'ascenseur, Pax remarque qu'une mèche brune s'est échappée de son chignon et caresse la base de sa nuque d'un mouvement délicat. Il trouve cela charmant, merveilleux même. Deux adjectifs qu'il aurait juré disparus de son champ lexical. Il repense au SMS de Gaspard et sa vie lui semble soudain se remettre en marche comme un vieux train rouillé remisé dans un hangar, que l'on croyait fichu et qui s'ébranle encore. À peine sorti de l'immeuble, il compose le numéro de Cassandre, étonné de se sentir presque joyeux : il veut l'inviter à dîner, lui parler du film qui sera bientôt achevé, lui raconter une fois de plus avec quelle chaleur Matthew l'a félicité – il appelle l'acteur par son prénom lorsqu'il en parle à sa fille ou à Élisabeth.

En repartant vers son bureau, Emi Shimizu aperçoit son reflet dans une vitre, ce chignon trop bas, cette mèche qui s'allonge, lèche le pourtour de sa nuque, s'enfouit dans le col raide de son chemisier. Elle s'arrête, interdite : chaque matin, elle effectue les mêmes gestes, dans un ordre identique, pour nouer ses longs cheveux et les piquer de fleurs. Chaque jour, elle se présente au bureau vêtue du même ensemble chemisier et tailleur, qu'elle possède en plusieurs exemplaires et dans plusieurs nuances de gris, du même manteau droit à col rond, de laine en hiver, de coton en été. Elle emprunte les mêmes itinéraires, pose toujours en premier son pied droit dans l'escalier, choisit toujours le plat du jour au restaurant de l'entreprise, utilise les mêmes carnets de notes et les mêmes feutres noirs qu'elle commande par boîtes de dix aux services généraux. Son apparence impeccable et immuable impose le respect et fait office d'armure : de l'enfant timide et sensible et de la jeune fille pleine d'espérance qu'elle fut autrefois, on ne devine plus la moindre trace. Emi Shimizu porte l'uniforme impénétrable des êtres désenchantés, et autant que possible, ne compte pas en changer.

D'un geste vif, elle ôte une épingle de son chignon, ramasse la mèche, la tord et la replace correctement.

Takeno

La pâleur d'Emi Shimizu ne varie plus, on la croirait sculptée dans une roche calcaire, lavée de larmes et de pluie.

Autrefois, à mesure que le train s'éloignait des buildings de verre et d'acier et qu'apparaissaient, par intermittence d'abord, succédant aux entrepôts des zones industrielles puis le long des rails, d'une gare à l'autre, érables, hêtres, chênes, bouleaux ou châtaigniers, ses joues s'éclairaient d'une incandescence surnaturelle. Lorsqu'elle descendait sur le quai, le regard fixé sur le toit mouvant de la forêt voisine, son corps semblait sur le point de s'envoler. Elle empruntait la sortie secondaire qui ouvrait à une centaine de mètres sur la lisière tissée d'arbustes et de broussailles, s'arrêtait pour en respirer les premiers parfums, traversait la route à la manière d'une biche furtive et nerveuse et s'enfonçait dans les fourrés, trouvant naturellement son chemin là où d'autres se seraient laissés piéger par les ronces, prenant garde d'éviter les bruyères, les tiges de bardane et de douce-amère, les violettes ou les campanules au printemps, les cèpes et les vesses-de-loup à l'automne. Elle y demeurait quelques minutes, les yeux clos, caressant les écorces, massant la terre souple de ses bottines noires chaussées à la hâte en sortant du bureau. Cela rétablissait un équilibre, comme une décharge d'endorphine qui comblait aussitôt les anfractuosités de son existence et la laissait repue et réparée.

Le rituel a disparu depuis un an, abandonné au profit d'une course perpétuelle contre le temps. Emi en souffre plus que quiconque ne pourrait l'imaginer. Elle renoue avec cette sensation cruelle de manque qui l'a tenaillée durant son enfance, puis son adolescence, asphyxiée par les odeurs d'essence, de soudure, d'échappement de l'atelier mécanique, et celles de plastique neuf, de désodorisant synthétique, de café médiocre de la salle d'exposition. Les sons la saturent à nouveau, c'est désormais le glissement du train sur l'aiguillage, le caoutchouc sur le bitume, le hurlement des avertisseurs, les invectives des piétons, des cyclistes, des automobilistes, des livreurs qui la renvoient à la concession familiale, au vacarme des moteurs et de la tôle, à celui des outils qui crissent, poncent, cognent, clouent, vissent, ponctués par les cris d'une mère dirigeant son équipe à la manière d'un commando.

Il lui faut chercher refuge dans les rares images de son premier séjour au Japon, où son père l'avait emmenée faire la connaissance de ses grands-parents. Elle se souvient d'avoir marché sous un soleil étourdissant à travers le village, jusqu'à leur maison qui lui a semblé minuscule en comparaison de la sienne. Elle se souvient de l'exaltation éprouvée face au bord de mer niché entre deux collines, face à la végétation exubérante nuancée de vert et de bronze, face au calme des eaux aigue-marine. Elle se souvient de marches gravies silencieusement dans les sous-bois jusqu'au temple, tenant la main de son grand-père, et de la pudeur des femmes assises sur le sable sous de larges tentes de tissu blanc. La distorsion qui la déchire encore aujourd'hui s'est formée cet été-là, à Takeno. Elle a aimé éperdument cette nature tranquille et ces gens dignes et réservés aux yeux étirés comme les siens, qui justifiaient les moqueries subies depuis son entrée à l'école. Elle a supplié son père de retarder leur retour pour la France et même de venir vivre ici, où elle se sentait soudain *chez elle*. Les lèvres d'Izuru se sont serrées, ridées comme les coquillages qu'ils avaient ramassés ensemble au creux des rochers, pour barrer le passage à des mots qu'une fillette de huit ans eût été incapable de comprendre. Il s'est contenté de secouer la tête avec lassitude et, dissimulant sa rancœur, il a rempli son rôle de père en offrant à Emi la chance d'imprimer en elle un souvenir heureux de cette rencontre. Quelques semaines plus tard, il lui a annoncé la mort de son grand-père, puis, l'année suivante, elle a appris celle de sa grand-mère. Le voyage à Takeno n'était pas seulement celui des retrouvailles, c'était aussi celui des adieux.

Emi est âgée de quarante-quatre ans. Il y a long-temps qu'elle a analysé la logique inexorable qui a pesé sur sa famille et engendré ce sentiment épuisant d'un monde disharmonique. Le mécanisme s'est enclenché très en amont de sa naissance, lors de la fracture brutale survenue entre son père et ses propres parents, après qu'Izuru a choisi de quitter les bureaux de Honda à Hamamatsu pour rejoindre l'usine de Belgique, puis d'épouser Sonia. Le brillant ingénieur destiné aux plus hautes responsabilités était tombé amoureux de la fille d'un concessionnaire de deux-roues français en visite commerciale à Alost. Tombé, c'était le mot qui convenait selon Issey et Akiko Shimizu, l'un fonctionnaire à l'hôpital public, l'autre fonction-naire à la bibliothèque municipale de Toyooka. Ils refusèrent d'assister aux noces et même de recevoir leur belle-fille. Ils écrivirent à Izuru, « tu es le poi-gnard qui déchire le rêve », faisant allusion à une

devise de Soichiro Honda – « évoquer le rêve »
– qu'Izuru avait peinte sur le mur de sa chambre
lorsqu'il était encore un étudiant studieux aux
résultats remarquables. Ce qui avait fasciné leur fils
chez Sonia leur était inaccessible. La jeune femme
écoutait du rock psychédélique, fumait de l'herbe
et conduisait des motos plus lourdes qu'elle,
maniant avec le même talent la guitare, le guidon
et la clé à molette. Elle avait posé pour une affiche
publicitaire, vêtue d'une combinaison de cuir et
juchée avec majesté sur une CB 750 Four, volant
la vedette – et bientôt les commandes de l'entreprise – à son père émerveillé. Elle incarnait la vie
impétueuse, le désir, le mouvement, l'éblouissement – quand Izuru, féru de chiffres et de phi-
losophie, possédait le charme de l'étrangeté, de
l'indéchiffrable, du temps allongé. Ils semblaient
incompatibles, or leurs différences se révélèrent
complémentaires. Et puis, Yoko Ono avait épousé
John Lennon quelques mois avant leur rencontre :
sans qu'ils en aient conscience, cette union joua
un rôle décisif dans l'attraction puissante qui les
poussa l'un vers l'autre et ne se démentit plus
jamais, déjouant les pronostics de leur entourage.

Emi Shimizu est issue de cette entité insolite et
autosuffisante. Il était écrit là, dans cette histoire,
qu'elle décevrait ses deux parents, ne pouvant être
à la fois le *In* et le *Yô*. Enfant, elle ne se passionnait

ni pour les motos, ni pour les mathématiques. Elle était bonne élève sans être excellente, manquait d'assurance et de repartie, en particulier face à ses camarades de classe qui répétaient les discours teintés de xénophobie entendus au journal télévisé, à une époque où le Japon se dressait en ennemi économique. Et quand bien même elle aurait voulu répliquer, elle n'aurait pas su argumenter : ses traits étaient asiatiques mais sa culture était française, son père ayant choisi l'assimilation plutôt que l'intégration en réponse cinglante au rejet dont il s'estimait injustement victime. La fillette a grandi dans la suffocante impression d'être inappropriée, inadaptée à son environnement, écartelée entre les attentes fantasmatiques de ses parents, de ses professeurs, des autres enfants. C'est à Takeno qu'elle a trouvé pour la première fois l'apaisement, dans ce contact avec la nature qui l'a bouleversée au point qu'elle en a conservé une sorte de réflexe pavlovien : il lui suffit désormais de fouler l'herbe, toucher les arbres, les contempler même, pour trouver sa place l'espace d'un instant. C'est dans ce voyage initiatique qu'elle a puisé sa force immense : à huit ans, elle a affronté sa solitude et accepté de cohabiter avec les illusions. Elle a renoncé à obtenir plus d'attention de sa mère, de souplesse de son père, de sincérité et de désintéressement d'autrui. Elle a accepté d'être pour toujours une *half*, ou *hafu*, ce terme entendu lors de son deuxième voyage au Japon, à vingt ans, qui lui a enseigné qu'elle demeurerait une étrangère, où qu'elle vive. Elle n'en a pas été brisée : elle possédait une énergie singulière et surprenante pour un être aux racines flottantes, se laissait entamer mais jamais abattre, progressant avec l'horizon en point de mire, ralentissant parfois face au vent ou aux murs, ajustant son trajet et ses objectifs aux aléas de l'existence. C'est ce fonctionnement unique qui l'a sauvée de l'abîme, hier comme aujourd'hui.

Langlois, le psychologue qui accompagne Emi depuis l'agression de son fils, ne cesse de s'en étonner. Père d'un enfant du même âge qu'Alexis, il doute qu'il résisterait dans une situation analogue, malgré ses nombreuses années d'études et d'expérience. L'affaire le bouscule, parce qu'il ne peut s'empêcher de se projeter mais aussi par les interrogations qu'elle soulève. Il lui est arrivé de l'évoquer lors de dîners en ville (sans toutefois livrer aucun détail, il a le souci de l'éthique et de la déontologie). Les médias en avaient fait cas durant plusieurs jours, le jeune homme était beau, discret, aimé, c'était un ange que l'on avait attaqué, sans qu'aucune trace, aucune effraction, aucun vol ait été constaté. La réaction horrifiée des invités, leur sidération lui ont permis de mesurer la dimension sociale de l'affaire. Il ne s'agit pas d'un simple fait divers et de ses conséquences sur une poignée d'individus. Il y a cette notion de crime gratuit qui ravive une perception latente d'insécurité. Cette idée que l'impensable peut se produire à tout moment, que personne n'est à l'abri, pas même nos enfants. L'échappatoire qui consisterait à prétendre que rien n'est jamais *gratuit*, qu'il existe toujours un mobile, une monnaie d'échange (de même que dans *Les Caves du Vatican* de Gide, Lafcadio a trouvé dans le meurtre affreux d'un vieil homme rencontré par hasard le moyen d'affirmer sa liberté contre le déterminisme et son insubordination aux règles sociales et morales), n'est guère plus rassurante. Plus que la violence inouïe de l'agression, c'est la rupture du pacte social qui épouvante. Le psychologue s'en inquiète, il a observé récemment parmi ses patients, mais aussi à travers l'évolution générale des comportements, le discours de certains médias, la montée des extrêmes en politique, une déstabilisation sourde qui se manifeste par un repli, une méfiance croissante à l'égard de l'autre et plus vastement, de l'inconnu. Il lui semble que la peur, la folie et le degré de violence ne cessent d'augmenter, même s'il est conscient du filtre déformant d'une information toujours plus rapide, souvent peu rigoureuse et parfois manipulée. En son for intérieur, il est convaincu que ces symptômes indiquent non un délitement inexorable, mais la nécessaire recomposition d'un monde soumis aux effets tant pervers que bénéfiques d'une technologie dont on n'arrêtera plus la course et dont l'accélération engendre de périlleux dérapages. Pour autant, cela ne résout en rien la souffrance particulière. Chacun, confronté à son drame personnel, doit trouver le moyen d'y survivre. C'est le cas d'Emi Shimizu, qui surgit à chaque consultation soigneusement coiffée, maquillée, et s'exprime d'un ton quasi égal, sans émotion apparente – mais non sans présence. Le psychologue s'interroge sur cette aptitude à traverser le cyclone, à se tenir verticale dans un tel contexte. S'il a pensé parfois qu'il s'agissait d'un vernis voué à s'effriter tôt ou tard pour laisser apparaître les blessures, il sait aujourd'hui qu'il n'en est rien. Emi Shimizu semble avoir construit d'invisibles et mystérieux remparts qui lui permettent de remplir la mission qu'elle s'est assignée.

La voici face à lui pour son rendez-vous bimensuel, assise sur le bord du fauteuil comme si elle en refusait le confort. Rien n'a vraiment changé depuis leur dernière entrevue, mais il écrit dans son carnet qu'elle décroche à deux reprises de la conversation – c'est inhabituel. Il croit deviner qu'elle est préoccupée par la gestion d'un quotidien complexe, lui fait part de son admiration :

accomplir chaque jour et ce depuis treize mois ce qui semble ordinaire, n'est-ce pas cela, l'extraordinaire ? Il prononce le terme d'*héroïne*. Emi se sent déconcertée, soupçonne le psychologue de chercher à la flatter, décline le titre. Une héroïne est courageuse, or elle s'estime guidée selon le cas par la peur, la nécessité, le devoir ou l'amour, mais par le courage, ça non. Langlois s'incline. Emi note la date de la prochaine séance sur l'agenda de son téléphone et lui serre la main avec ce léger sourire qui n'est rien d'autre qu'un réflexe, une pièce de son armure, mais laisse son interlocuteur satisfait et vaguement troublé.

Il est 20 h 30 et l'obscurité est dense lorsque, enfin, elle pénètre dans la résidence. Une lumière chaude s'échappe des fenêtres, à cette heure-ci, la plupart de ses voisins sont rentrés, l'eau bout dans les casseroles, les tables se dressent, les jeunes enfants s'endorment.

Le courage, songe-t-elle soudain alors qu'elle introduit sa clé dans la serrure, distinguant les éclats de rire enregistrés d'un jeu télévisé, ce serait d'évoquer avec Alexis la vérité sur son avenir : le rêve est déchiré et personne ne pourra le raccommoder.

Le courage, ce serait d'accueillir son propre désespoir pour mieux s'en affranchir. Ce serait d'envisager de vivre, de laisser se répandre et prospérer en elle l'émoi inattendu qui l'a envahie cet après-midi face à Pax Monnier.

Le courage, ce serait de renoncer aux pensées stériles de vengeance et de haine : puisqu'il n'y a personne à punir, ni personne à haïr.

Tout est encore invisible

Le rendez-vous a été fixé le vendredi à 16 h 30. Pax a proposé d'autres créneaux plus tôt dans la semaine, suggérant qu'il faut frapper vite et fort pour ne pas laisser le dossier Christian P. pourrir le climat. Faire preuve de réactivité, c'est démontrer l'engagement de l'entreprise, sa considération à l'égard des salariés, c'est déminer les questions gênantes, a-t-il écrit à Emi, espérant justifier son empressement. Elle a opté pour la dernière date de la liste, prétextant un planning surchargé. L'un et l'autre mentent, mais en sont-ils seulement conscients ? Depuis leur rencontre, le visage et le corps gracieux d'Emi Shimizu se sont imprimés dans la rétine de Pax, se superposant au réel. Il veut la revoir coûte que coûte, retrouver cette sensation qui lui a été offerte quand il ne l'attendait plus, cette palpitation irradiant son bas-ventre et, par-dessus tout, cette possibilité d'échapper à ses

49

angoisses qui l'a soulagé quelques heures avant de s'évanouir à peine rentré chez lui. À la minute où il lui a serré la main pour la saluer et s'est engouffré dans l'ascenseur, il a réfléchi aux termes du mail qu'il lui enverrait, selon qu'elle accepterait le devis ou le refuserait, échafaudant déjà des stratégies de substitution.

Emi Shimizu a signé. Elle aussi compte aller vite, mais pas trop. Elle mesure l'urgence : le taux d'arrêts maladie est anormalement élevé chez Demeson depuis le décès de Christian P. Elle songe à ces remarques acides, blessantes, qu'elle a entendues autrefois à propos de son poste (elle n'est pas « centre de profit », elle coûte cher à l'entreprise), mais à présent l'importance de son rôle est indiscutable, c'est à elle qu'il appartient de rétablir la confiance, de permettre aux salariés encore sous le choc de tourner la page. C'est sans nul doute une étape majeure dans sa carrière. Cependant il y a ce trouble en elle qui s'est insinué Dieu sait comment, a imprégné son cerveau et en a détraqué le mécanisme : quelque chose qu'elle ne peut nommer ni décrire a pris le contrôle. Elle est désorientée lorsqu'elle repense à Pax Monnier, à ce qu'elle a lu dans son regard, et plus encore par ce flottement sensoriel qui l'a happée, transportée, comme un léger galet roulé par la vague. Elle s'applique à l'ignorer mais tout la ramène à cet état paradoxal qu'elle désire autant qu'elle le redoute, un courant d'air léchant ses épaules, la chaleur de l'ordinateur posé sur ses genoux ou le battant ouvert d'une fenêtre. Elle n'exclut pas d'être le jouet de phénomènes purement biologiques, hormonaux, cela pourrait être une question d'âge, de frustration, elle n'a plus eu d'homme dans sa vie depuis une bonne dizaine d'années – mais cela ne lui a pas manqué. Parfois, elle saisit des bribes de conversations dans les couloirs, devant le distributeur de café ou le local des fournitures. Les employés parlent surtout de sexe, de liaisons, ils se moquent de certains collègues, hommes, femmes, qu'ils supposent n'avoir plus de relations charnelles – il semble à les entendre que ce soit la marque d'une certaine déchéance, d'une existence ratée, foutue. Son nom à elle n'est jamais cité. Elle fait illusion sans le rechercher en aucune façon : sa beauté et sa tenue irréprochable laissent imaginer qu'elle cultive sa séduction, alors qu'à l'inverse c'est une forteresse qu'elle consolide sans relâche.

L'agitation intérieure qu'elle éprouve aujourd'hui serait-elle due à la simple expression d'un corps insatisfait ? Elle envisage l'hypothèse mais au fond n'y croit pas, ou bien pas comme unique explication. Le terrain est peut-être inflammable, mais le magnétisme de Pax n'a pu suffire à créer l'étincelle : Demeson regorge d'hommes à la virilité bien plus arrogante, l'embrasement aurait déjà eu lieu. Non. Ce qui fait la différence et fissure ses fortifications, c'est le sentiment irrépressible de partager avec Pax Monnier un espace, un destin ou qui sait un passé commun, non au sens littéral bien entendu, puisqu'elle ne l'a jamais vu auparavant, même pas en tant que comédien (elle ne regarde jamais la télévision), mais plutôt en matière d'expérience de vie. Elle l'a compris dès leur première réunion : cet homme sait la profondeur des gouffres. C'est un sentiment flou qui persiste, la déborde, la fait sortir du cadre. Voilà pourquoi elle a choisi le vendredi après-midi : pour s'octroyer un délai, retrouver la maîtrise d'elle-même. Sans doute aussi, mais elle est incapable de se l'avouer, parce qu'à cette heure-ci les bureaux seront presque vides. Il n'y aura personne pour l'interrompre, lui présenter un document à signer : elle aura tout son temps.

Ils sont donc face à face, chacun enfoncé dans son siège, combattant la même gêne et la même attraction. Pax est le plus à l'aise, son talent d'acteur lui permet d'affronter presque toutes les situations (ainsi, lorsqu'il doit gérer une montée d'adrénaline, il se concentre sur la mère de Cassandre, il est alors pris d'une colère froide capable d'éteindre n'importe quel incendie).

Emi feuillette le dossier Christian P. : revoir son
œil jovial et bonhomme, son front plissé d'avoir
d'abord trop ri puis d'avoir trop souffert la ramène
à ses priorités : à défaut de faire la lumière sur les
circonstances du décès, il lui faut relever drastique-
ment le niveau des conditions de sécurité pour éviter un nouvel *accident*.

— La formation est conçue sous un angle
ludique, prévient Pax. C'est le secret. Rire, jouer,
surprendre pour apprendre, comme on le fait avec
les enfants.

Il faut retenir l'attention d'un public dissipé,
toujours satisfait d'échapper au pensum ordinaire
mais prompt à s'endormir. Il y aura deux comédiens sur scène, celui qui respecte les consignes,
appelons-le Numéro 1, et celui qui s'en fiche,
Numéro 2, le plus populaire évidemment, parce
qu'il incarne une combinaison de liberté, de sédi-
tion, d'insolence et de panache. Il y aura du premier et du second degré, des cascades (modestes)
et de l'interaction, en un mot : du spectacle.

Pax a écrit (en fait, il a adapté un scénario déjà
exploité cent fois par Théa) un dialogue intégrant
contraintes et éléments de procédure. Il en donne
lecture à Emi. Au fil de l'histoire qu'il déroule,
le ton se fait plus grave, il apparaît que la désinvolture de Numéro 2 dissimule une absence de
rigueur, de professionnalisme, de confiance en lui,

Numéro 2 n'est qu'un dilettante, drôle mais incompétent. L'accident survient. À cet instant, précise Pax qui excelle dans le registre tragicomique, la sirène d'une voiture de pompier hurlera jusqu'à glacer le sang de ceux qui s'esclaffaient une minute avant, lorsque Numéro 2 ridiculisait l'esprit procédurier de Numéro 1. *Croyez-moi, Emi, on entendra les mouches voler dans la salle !*

Il l'a appelée par son prénom. C'est une discrète manœuvre de rapprochement, un test, et elle n'a pas tiqué. Il reprend donc le cours de sa lecture : l'ultime rebondissement survient lorsque Numéro 1, s'en tenant à des directives devenues inadaptées, s'abstient de demander de l'aide et gâche un temps précieux, compliquant le travail des sauveteurs. La démonstration est bouclée, de l'importance d'appliquer les règles, de la nécessité d'être attentif au comportement d'autrui et de celle d'interagir, de raisonner et décider en équipe.

Pensive, Emi Shimizu bascule légèrement la tête vers l'arrière. Une fine chaîne d'or épouse avec grâce la ligne de crête de ses épaules : un pendentif a dû y être attaché autrefois. L'a-t-elle égaré ? Ôté ? Elle ne porte ni alliance, ni aucun autre bijou.

— Appréhender la sécurité sous l'angle du collectif plus que de l'individu, réfléchit-elle à haute voix. Rechercher la chaîne de causalité, mais celle-ci possède-t-elle au moins un début et une fin ? Qui doit-on inscrire sur la liste ? Celui qui a ordonné des missions impossibles à tenir ou celui qui les a acceptées, quand il se savait miné par une sciatique ? Le médecin qui n'a pas su déceler l'ampleur des dégâts ou le conjoint qui n'a pas relevé un épuisement croissant ? La grille des bonus de l'entreprise qui pousse à l'excès ou un divorce difficile qui tient le cerveau en otage ? La politique des RH qui impose des changements trop rapides ou les chiffres du chômage ? La pluie torrentielle qui diminuait la visibilité lorsque Christian P. a quitté la route ?

— Au diable le politiquement correct, l'interrompt Pax. La notion de responsabilité est une vaste fumisterie qui ne résout rien.

Il se tait, effrayé par l'audace et l'impudeur de sa propre formule. Se sent devenir un point minuscule, négligeable, inutile, au centre d'un vide immense. Pourquoi a-t-il ainsi improvisé ? Mais alors qu'il redoutait de l'avoir scandalisée, Emi Shimizu hoche la tête.

— Quand bien même on pourrait en définir les contours, renchérit-elle, on ne pourra jamais tout prévoir, tout border avec des règles, des procédures, des intentions louables ou une conduite altruiste. Un automobiliste, aussi respectueux soit-il du code de la route, n'évitera pas le

gosse bondissant derrière son ballon. Il y a cette
zone irréductible faite de hasard, de bifurcations
subites, d'événements improbables, qui ne répond
à aucune loi.

Elle respire profondément, paupières mi-closes :

— Vivre est un risque.

Son buste étroit s'est soudain immobilisé,
cimenté. Son regard fuit, flotte puis disparaît
au-delà des cloisons – tout comme cela s'est produit lors de leur première réunion, note Pax,
désarçonné. Se pourrait-il qu'elle soit sortie de son
corps ? Machinalement, il lève les yeux, comme
s'il espérait la distinguer collée au plafond. Se
ressaisit : quelle idée stupide. Ce qui est certain,
c'est qu'Emi Shimizu est ailleurs, hors de portée. Elle s'enfonce et piétine dans la vase collante
de sa propre histoire, où il n'est plus question de
Christian P. mais d'une incapacité à protéger les
siens de l'imprévisible.

Quelques secondes et la voilà si pâle que l'on
pourrait la croire morte, momifiée. Ignorant ce qui
l'a ainsi arrachée à lui, Pax s'interroge : le décès de
ce Christian P. doit avoir sérieusement affecté la
jeune femme. Ces deux-là étaient-ils de simples collaborateurs ? Des amis ? Des amants ? Cette pensée en réactive une autre, indéfinissable, mélange
d'envie, de désir et de compassion. Il veut ranimer
cette femme, la serrer dans ses bras, lui rendre la

vie qu'elle s'est ôtée. Il ne mesure pas la prétention de l'entreprise, ni ce qu'elle révèle de son propre passif, de ses tourments. Une énergie neuve se répand en lui, qui repousse les ombres. Les mots affluent, nés des dizaines de rôles qu'il a joués par le passé, de ces personnages consolateurs, avocats, psychologues, pères, fils, frères, confidents. Il lui parle de l'incertitude, glaise de l'existence et mère de toutes les peurs, qui l'entrave, l'enchaîne, l'étouffe lui aussi. Le sang, peu à peu, réinvestit les joues d'Emi.

Elle est revenue.

Plus fort encore : elle esquisse un sourire.

— Peut-être doit-on accepter cette incertitude, souffle-t-elle. Peut-être est-ce cela, le courage.

Il acquiesce, sourit à son tour. Leurs regards restent soudés un moment, puis se délient. Plus tard, ils pourront identifier précisément ce court intervalle, où leur relation a basculé : tout est encore invisible mais tout est là, dans ce sourire partagé. Ils ont franchi une frontière et ne reviendront plus en arrière. La conversation peut se recentrer sur la formation, les aspects techniques, le coût, l'organisation, le calendrier : le mardi suivant, Pax emmènera Emi visiter le centre de séminaire qui accueillera les participants puis ils se verront pour affiner le texte des interventions et programmer les sessions. Ils se séparent avec facilité puisqu'ils savent que bientôt, ils seront réunis.

En quittant les locaux, Pax est frappé par l'épaisseur de la nuit. Elle enveloppe la ville, trouée par les pastilles jaune d'or des fenêtres éclairées – il est tard. Il envoie un SMS à Élisabeth : « *Réunion très productive. Le courant passe.* »

Emi Shimizu a terminé ses dossiers en cours, elle pourrait partir mais demeure assise devant son bureau, le dos droit, les mains posées sur ses genoux. Elle écoute le silence, aimerait qu'il dure éternellement.

Mais son téléphone vibre, affichant le message d'Alexis qui s'impatiente.

Dallas Buyers Club

Ils font l'amour trois semaines après leur premier rendez-vous. Pax a proposé à Emi d'aller
boire un verre à l'issue de la session réservée aux
collaborateurs les plus anciens (les salariés de
Demeson ont été répartis en six groupes qui se
succéderont jusqu'au début du mois de décembre).
Certains d'entre eux ayant manifesté une attitude
négative – des proches de Christian P. –, il a estimé
indispensable d'effectuer des ajustements « dans
la foulée ». Elle a aussitôt accepté. Ils ont choisi
ensemble une terrasse joliment arborée aux chaises
garnies de plaids, où ils sont presque seuls. Le
chauffage infrarouge fixé au-dessus d'eux accen-
tue le sentiment d'intimité, le serveur est discret,
il prend la commande, pour lui ce sera une vodka
Martini, pour elle un sancerre blanc. Elle a hésité :
cela fait si longtemps qu'elle ne s'est pas assise dans
un café, un bar. Elle n'a plus les codes. Sans règle

ni habitude à suivre, elle doit improviser. Quand il avale la moitié de son verre d'un seul coup, elle boit à petites gorgées, comme on avance à petits pas sur un chemin mal éclairé.

Les corrections sont expédiées, la conversation dérive. Emi interroge Pax sur son métier. Ce qui la fascine, ce n'est pas le talent déployé, la capacité à se glisser dans la peau d'un autre, les rôles et les films plus ou moins réussis ou les montagnes russes de l'ego, mais la précarité, l'intermittence qui vont de pair.

— Comment peut-on délibérément s'infliger une telle… (elle cherche ses mots) instabilité ?

Pax réfléchit à la réponse. Lorsqu'il a choisi cette voie, âgé de dix-sept ans, il n'avait aucune idée de ce qui l'attendait. Il était persuadé qu'il serait bientôt en haut de l'affiche, il avait une vision pure – c'est-à-dire naïve – de la profession d'acteur, il croyait que tout était affaire de travail, d'art, voire de génie pour quelques rares élus. En outre, il se jugeait plutôt doué. L'un de ses professeurs avait noté lors de son évaluation annuelle : *une interprétation mémorable*. À cette époque, le jeune homme envisageait encore de s'inscrire en droit, mais ces quelques mots lui avaient permis de s'opposer à des parents soucieux de son avenir.

Quelque temps plus tard, un ami fréquentant le même cours de théâtre lui a fait la remarque que

ce commentaire n'était peut-être pas un compli-
ment : le professeur était réputé pour son humour
sarcastique et abusait volontiers des antiphrases.
Pax aurait pu être déstabilisé mais il a encaissé
l'uppercut et simplement rompu leur relation. Un
véritable ami insinuerait-il une chose pareille ?
Un véritable ami mettrait-il en doute la valeur de
celui qu'il prétend aimer ? Quand bien même ce
serait le cas, un véritable ami ne garderait-il pas
pour lui des suppositions, des hypothèses qu'il
saurait profondément blessantes ? Ironiquement,
la scène dont il était question était tirée du
Misanthrope. Avec un certain panache, Pax en a
ce jour-là déclamé une réplique, les yeux plan-
tés dans ceux de l'hypocrite : « Moi, votre ami ?
Rayez cela de vos papiers. / J'ai fait jusques ici,
profession de l'être ; / Mais après ce qu'en vous,
je viens de voir paraître, / Je vous déclare net, que
je ne le suis plus, / Et ne veux nulle place en des
cœurs corrompus. »
   L'attaque, loin de le freiner, s'était révélée un
moteur décisif.
   De cela, Pax n'a pas conscience : il serait
douloureux d'admettre qu'il ait pu prendre une
décision aussi importante par orgueil. Pourtant,
aujourd'hui encore, il lui arrive de taper le nom de
cet « ami » sur Google pour vérifier qu'il a tout à
fait disparu de l'actualité (il a connu son heure de

gloire voici vingt ans, dans une comédie musicale), qu'il est mort artistiquement, que le cadavre ne bougera plus.

Pax n'a jamais su s'affranchir de son passé. Il se retourne souvent vers sa jeunesse et se reproche son aveuglement : il n'a pas identifié l'importance de l'image, du réseau, de la construction d'une carrière. Il n'a pas vu s'élever les murs de sa prison. Il n'a pas choisi les bonnes fréquentations grâce auxquelles d'autres, qui n'étaient pas forcément meilleurs, sont apparus sur les photos de la presse glamour et se sont posés en références dans le paysage cinématographique. Il a accepté les rôles à mesure qu'ils lui étaient offerts sans discuter, parce qu'il fallait régler les factures, parce qu'il était flatté d'être engagé et parce qu'il y voyait le moyen d'accumuler des expériences. Il est apparu dans des productions complaisantes et s'est gâché, oubliant que c'est le rôle qui révèle le talent et non le talent qui fait la force du rôle. Il a négligé l'importance du désir, qui requiert une combinaison fragile de rareté, de qualité et d'exigence. En conséquence, le milieu l'a étiqueté comme un comédien sans consistance et les responsables des castings prestigieux ont écarté sa fiche avec un soupir blasé : Pax Monnier, non merci. L'allégation du faux ami s'éclairait d'une dimension prophétique.

Au moins Pax a-t-il rarement manqué de travail. Il sait *faire le job* et sa beauté, ordinaire, rassurante, est recherchée en télévision : le petit écran aime proposer des figures familières quoique sublimées, dans lesquelles le téléspectateur se projette aisément. Même sa voix singulière lui a valu de nombreux contrats de doublage et, s'il a pu pleurer de rage et de haine, apprenant que son nom était rejeté d'emblée pour des projets d'envergure, s'il a douté d'atteindre un jour la reconnaissance et la gloire, il ignore l'anxiété des fins de mois étranglées. Son niveau de vie n'a connu qu'une brève oscillation, lorsque la série télévisée à succès dans laquelle il tenait l'un des premiers rôles s'est arrêtée après treize saisons, or c'est le moment qu'a choisi Élisabeth pour lui proposer de rejoindre Théa & Cie.

Alors, l'instabilité ? Émotionnelle, éventuellement. Technique, pratique, financière, non.

Mais pourquoi déshabiller le mythe.

— L'instabilité, eh bien, c'est en effet *le* grand défi, ment-il. Chacun sait que l'art exige certains sacrifices, mais la récompense est à la hauteur. Nous vivons d'intenses vies parallèles, nous côtoyons les plus grands !

Il fait le lien avec *Don't*. Depuis le début de la conversation, il attendait avec fébrilité l'opportunité d'évoquer le tournage, de prononcer enfin ces noms qui font rêver deux ou trois générations. Il sait qu'il n'a face à lui ni une groupie ni une cinéphile, mais il constate qu'Emi prend plaisir à découvrir un domaine peu familier. Il observe sa posture se modifier, ses épaules se détendre, son visage s'incliner. S'il connaissait mieux la jeune femme (mais quelqu'un la connaît-il vraiment ?), il mesurerait les raisons et la portée de cet abandon. Emi Shimizu vient de déverrouiller une lourde porte hermétiquement fermée depuis plus d'un an. Tout son être se fend tandis que Pax s'enflamme, développe, raconte les fulgurances et les sautes d'humeur de Sveberg puis la noblesse, l'élégance, le brio de *Matthew*, lorsqu'il dépeint sa « complicité » avec l'acteur et loue sa sagesse, le citant de mémoire : « *If happiness is what you're after, then you're going to be let down frequently and being unhappy much of your time. Joy, though, is something else*[1]. »

Attribuée à un autre, une telle sentence aurait provoqué la fin de la conversation. Emi Shimizu y aurait vu un cliché navrant, une de ces banalités entendues en boucle chez les professionnels du

---

1. « Si c'est le bonheur que vous cherchez, alors vous serez souvent déçus, et malheureux la plupart du temps. La joie en revanche, c'est autre chose. »

bien-être. Mais il s'agit de Matthew McConaughey et cela change la donne : Alexis était en classe de seconde lorsqu'ils sont allés voir *Dallas Buyers Club*. Elle ne se souvient plus de quelle manière au juste c'est arrivé, pourquoi elle l'a accompagné – un copain avait probablement annulé la séance. Ses souvenirs sont flous et elle s'en veut, elle aimerait avoir consigné chaque détail des événements vécus ensemble, avoir eu le réflexe de photographier son fils ce jour-là ainsi que tous ceux qui ont suivi, jusqu'à ce 23 septembre de l'an dernier, avoir immortalisé les expressions de son visage encore intact. Les images et les sensations qu'elle croyait indélébiles, celles qui ont vu s'élever et déferler en elle, année après année, des vagues d'un ineffable amour s'effacent peu à peu, remplacées par le réel. Il ne lui reste que des épaves, fragments errant dans les abysses de sa mémoire, surgissant parfois à la faveur d'un son ou d'un mot. C'est ce qui vient de se produire : McConaughey. Elle se revoit marchant avec Alexis, elle retrouve le timbre et la vibration de sa voix, son enthousiasme à propos de la prouesse de l'acteur et du sens profond de l'histoire de Ron Woodroof, ce cow-boy violent, macho, homophobe, diagnostiqué séropositif qui apprend qu'il ne lui reste que trente jours à vivre mais décide de lutter, cherchant seul et malgré la pression des lobbys pharmaceutiques des traitements alternatifs à l'AZT ; cet homme qui doit renoncer brutalement au monde tel qu'il l'imaginait mais découvre dans l'épreuve l'humanité, la tolérance et le respect – et dont le combat permettra d'épargner ou de prolonger la vie de milliers de gens, à commencer par la sienne.

Alexis allongeait le pas, il était exalté, euphorique, il lui semblait soudain que tout était possible, que chacun pouvait tordre son destin à condition d'en avoir la force d'âme. Emi admirait son fils, elle était folle d'amour. Ils ne sont plus jamais retournés au cinéma ensemble. L'occasion ne s'est plus présentée, à quinze ou dix-huit ans il faut un certain concours de circonstances pour sortir avec ses parents.

Puis l'univers a créé un trou noir.

— Cet acteur, mon fils l'aime beaucoup, lui aussi.

— Donc, vous avez des enfants ?

La question lui brûlait les lèvres : cent fois, Pax s'est interrogé sur la situation de famille d'Emi Shimizu. Depuis sa séparation avec la mère de Cassandre, qu'il a aimée autant qu'il la déteste aujourd'hui, il n'a connu que des histoires sans importance. Que ses conquêtes soient en couple ou non, mères ou non lui importait peu, tant qu'elles le rassuraient sur ses aptitudes sexuelles. Toutes lui paraissaient identiques, de simples silhouettes au creux d'une immense foule : petites ou grandes, blondes, brunes, rousses, aux cheveux crépus ou lisses, maigres ou plutôt rondes, la peau claire ou foncée, elles avaient cette manière commune de s'habiller, de se coiffer, de marcher, de penser, de parler, de vivre en somme, inspirée par les recommandations des magazines et des réseaux sociaux, qui gommait toute aspérité. Il est passé de l'une à l'autre sans jamais s'attacher. Il lui aurait pourtant suffi de sortir de son cercle habituel pour se laisser surprendre, mais il n'en a rien fait. Il s'en est tenu à ces femmes croisées sur un plateau de tournage, dans les bureaux d'une chaîne de télévision ou d'une maison de production, dans un restaurant ou un café branché, des lieux que l'on s'indique entre amis ou qui s'affichent spontanément sur le fil d'activité d'une application. Il a préféré nager sans relâche dans cet aquarium décevant et monotone, se fondant lui aussi dans le banc de ses collègues masculins, portant la même barbe de trois jours taillée avec soin et les mêmes costumes de marques en vogue. Il a été l'artisan lucide de ces amours plates et médiocres, cultivées pour se punir d'une rupture qui l'a crucifié, mais dont il s'estime largement responsable. Jusqu'à cette dernière année, où cette fois, pour d'autres raisons, il a écarté toute forme de relation.

La rencontre avec Emi Shimizu a été un déclic. Aurait-il embrassé l'étendue de sa beauté s'il n'avait pas d'abord plongé si bas, si profondément ? Il se noyait lorsqu'elle lui est apparue, différente en tout et de toutes les autres, puissante et néanmoins vulnérable. Il a suffi de quelques rendez-vous penchés l'un près de l'autre sur des plans de travail, échangeant sur le choix des mots, des gestes et de manière subconsciente, sur les défis de l'existence, pour qu'il s'en forge la conviction : elle saura l'extraire de la boue qui l'asphyxie. Il veut s'assurer désormais qu'elle ne lui lâchera plus la main, et compter pour elle autant qu'elle compte déjà pour lui. Mais au fait, est-elle libre ?

— J'ai un fils : un garçon de vingt ans. Et vous ?

— Une fille de vingt-quatre ans. Je suis divorcé de sa mère depuis des années, s'empresse-t-il de préciser.

— Je le suis aussi. Divorcée.

Ils respirent. Chacun en son for intérieur établit un parallèle illusoire : leurs trajectoires sont dissemblables, sinon opposées. Leurs couples respectifs ne se sont pas formés sur les mêmes enjeux et n'ont pas sombré pour les mêmes raisons. Christophe, le père d'Alexis, s'est épris d'une famille, d'un clan, de ce tonitruant royaume mécanique et de la glorieuse reine qui le dirigeait. Il était l'un de ces garçons faussement rebelles, un opportuniste fainéant, sympathique et détendu, qui préférait hanter les cafés de la place de la Sorbonne plutôt que les bancs de l'université où il a fait la connaissance d'Emi. Il rêvait d'Amérique et de voyages et avait punaisé dans sa chambre d'étudiant un poster de *Vanishing Point*, où l'éblouissante Gilda Texter chevauchait nue, cheveux au vent, une Honda CB 350 rouge et blanche. Sa première visite à la concession, lorsqu'il s'était trouvé face à l'affiche représentant Sonia perchée sur sa 750, avait été une révélation. Il a désiré de tout son être appartenir à cette famille bien plus excitante que la sienne – ses parents, courtiers en prêts immobiliers, vivaient tranquilles entre leur quatre-pièces du dix-septième arrondissement, le beau dix-septième aimaient-ils souligner, comme s'il eût existé une frontière ouvrant sur une seconde zone infamante, et une petite maison à Dinard face à la mer, deux biens négociés fièrement à un prix en dessous du marché. Il s'est imaginé enfourchant à son tour de grosses cylindrées à la manière d'un Peter Fonda dans *Easy Rider* (un film découvert grâce à Sonia) et s'est convaincu d'éprouver pour Emi la passion qu'il observait, fasciné, entre ses futurs beaux-parents. Il l'a convaincue, elle aussi. Elle avait eu un seul petit ami, à l'âge de quinze ans, avec lequel elle s'était contentée d'échanger de pudiques baisers. Elle était complexée par sa petite taille et sa poitrine presque plate à une époque où Eva Herzigova, du haut de son mètre quatre-vingts, ordonnait à la France entière, seins déployés et paupières charbonneuses, de la regarder dans les yeux. Ses années de collège et de lycée lui avaient appris la méfiance (à plusieurs reprises, des garçons avaient joué avec son cœur et abusé de sa crédulité dans le seul but d'obtenir auprès de ses parents une remise sur une mobylette), et ses débuts à la fac avaient été pénibles : elle s'était sentie engloutie dans les amphis bondés où après une heure trente passée dans le train, le métro et le bus, elle atterrissait toujours trop tard pour espérer s'asseoir ailleurs qu'au milieu des marches. Elle aurait aimé nouer des amitiés, intégrer ces groupes animés qui couraient dans les couloirs en riant bruyamment, mais il lui manquait le mode d'emploi. Christophe a surgi au meilleur moment, placé derrière elle dans une interminable file d'attente, patientant pour des inscriptions pédagogiques. Il a été immédiatement attiré par ses traits asiatiques, son port de tête, sa grâce énigmatique. À quoi tient un destin ? Le dossier d'Emi était incomplet, il lui manquait une enveloppe d'une dimension particulière que Christophe possédait en plusieurs exemplaires. Il en a échangé une contre la promesse de prendre un café ensemble. Emi avait choisi de s'inscrire en licence de psychologie en dépit d'une âpre confrontation avec son père, qui voyait dans les sciences humaines un incompréhensible oxymore. Christophe suivait un cursus de droit et de science politique, et tenait des propos exaltés, utopistes, avec une éloquence et un charme qui lui valurent bientôt l'attention de Sonia (et une certaine suspicion d'Izuru). Leur histoire s'est construite dans la régularité. Les parents de Christophe ont investi dans un studio qu'ils ont mis à leur disposition, exigu mais doté d'un balcon orienté plein sud, sur lequel Emi a planté et soigné des arbustes persistants et des fleurs de saison. Elle venait d'être diplômée avec les félicitations d'un master de psychologie sociale lorsqu'elle a découvert sa grossesse. Christophe avait redoublé deux fois, plus occupé à refaire le monde qu'à réviser ses partiels, et obtenu avec difficulté sa dernière année de licence. Il y a trouvé une échappatoire, a déclaré qu'il comptait assumer l'enfant, interrompu officiellement des études déjà abandonnées dans les faits et rejoint le cabinet de courtage familial. Emi n'était plus aussi amoureuse, mais il lui a paru impossible de l'exprimer. Depuis son emménagement, elle se sentait plus libre, autonome, qu'elle ne l'avait jamais été. Le dimanche, il lui arrivait de laisser Christophe se rendre seul chez Sonia et Izuru tandis qu'elle préparait ses examens et elle savourait cette solitude, ce silence dans lequel ses songes et ses pensées s'enroulaient, formant de délicieuses compositions de lianes abstraites. Elle a pensé que la naissance effacerait ses questions. Et de fait, si l'enfant n'était pas prévu, il a été désiré à chaque seconde de son existence in utero, et cet amour n'a plus jamais cessé de croître, quand celui éprouvé pour Christophe s'éteignait sans bruit. Pour ce dernier aussi, tout avait changé. Il vivait un dilemme insoluble : il se refusait à rompre avec cette famille (ou plutôt avec Sonia et avec l'atelier dans lequel il pouvait traîner des journées entières), mais il s'était lassé d'Emi. La réussite de sa compagne, si relative soit-elle, le renvoyait à son propre échec. Il avait renoncé non seulement à poursuivre ses études, mais à honorer ses idéaux, dont il ne restait plus que l'affiche de *Vanishing Point*, à présent punaisée sur le mur des toilettes. D'autres y auraient vu ce classique glissement de l'adolescence à l'âge adulte qui estompe tant d'ardeurs révolutionnaires, mais lui se sentait diminué, minable, sa libido était au point mort. Comme Emi, il s'est arrimé à l'idée que cela pourrait n'être qu'un passage. Il a étouffé son désir lorsque, recevant de jolies clientes dans la chaleur du printemps, des fourmillements grisants l'ont soudain placé en apnée. Quelque chose s'était brisé, mais plutôt que se confronter à la fin de leur histoire, tous deux se sont laissé porter par les événements et ont organisé leur mariage, juste après la naissance d'Alexis. Lors de la cérémonie, Emi a fait lire ce court extrait de *Noces*, d'Albert Camus : « On a vu des mariages se conclure ainsi, et des vies entières s'engager sur un échange de bonbons à la menthe. » L'assistance a trouvé cela adorable, une vie entière ! Personne ne songeait à ce que ces deux mots comportaient d'effrayant. Emi et Christophe sont restés mariés quinze ans. Leur vie sexuelle commune était presque inexistante, mais qui aurait pu s'en douter ? Ils ont cohabité sans heurts, chacun attendant de l'autre qu'il lui fiche la paix et acceptant tacitement la possibilité d'amours parallèles. Ils ont déménagé dans un appartement plus grand, élevé leur fils dans la concertation, c'était un petit garçon facile et gai, studieux, dont le penchant précoce pour les mathématiques et la physique faisait la joie de son grand-père maternel. Christophe a eu quelques liaisons sans lendemain jusqu'à l'arrivée d'une nouvelle conseillère bancaire prénommée Pauline, qui a réveillé chez lui d'inédites ambitions. La même année, Sonia et Izuru ont vendu la concession et sont partis s'installer près de Menton. Cette décision, sans qu'ils puissent s'en douter, a fait pencher la balance. Christophe s'estimait affranchi d'un contrat imaginaire et a informé Emi qu'il souhaitait divorcer.

Elle lui a demandé d'attendre la fin de l'année scolaire et le brevet d'Alexis. Ils ont engagé le même
avocat, le père d'un camarade de classe de leur fils,
un homme cultivé et amusant, tombé aussitôt sous
le charme de sa cliente : l'encre à peine séchée
sur le contrat, il l'a emmenée dîner – comme
Christophe autrefois, il apparaissait dans sa vie à
point nommé. Il était marié, tenait à sa femme et
cela convenait à Emi qui ne souhaitait pas s'engager. Ils se sont fréquentés six mois. Elle s'est atta-
chée à cet homme, s'est surprise à désirer son
corps, son odeur, sa voix. Elle a joui dans ses bras
et découvert qu'elle avait confondu depuis toujours plaisir et orgasme, en a été stupéfaite. Il
comptait soudain pour elle, assez pour qu'elle
souffre lorsqu'il a mis fin à leur relation, même si
son bouclier intérieur l'a protégée d'un véritable
chagrin. Emi l'ignore, mais le grand amour, celui
qui a saisi et fusionné ses parents, aurait pu éclore
en elle si cette aventure n'avait pas avorté. Cet épi-
sode imprévu lui a appris qu'elle n'avait rien vécu
avec Christophe de ce qu'une femme peut espérer,
l'extase du corps, les tremblements du cœur.
L'avocat a inoculé en elle un germe qui, depuis
lors, croît en silence, une exigence organique et
puissante qu'elle musèle par peur de ce qu'elle
pourrait engendrer. Elle s'est réfugiée derrière
Alexis, s'appliquant à lui consacrer l'essentiel de

son temps bien avant que tout s'écroule, et plus encore depuis que cela s'est produit, mais elle demeure une terre vierge que des années de jachère ont rendue fertile. Seul le malheur a pu repousser l'élan de vie qui s'y est répandu et se prépare désormais à jaillir.

En quelque sorte, Pax Monnier a parcouru le chemin inverse. La déflagration en lui a eu lieu dès son premier contact avec Sara, nouvelle recrue de son cours de théâtre. Les cheveux très courts, teints en rouge, elle arborait sur la nuque un tatouage au motif biomécanique, un acte devenu banal mais qui à l'époque lui conférait une allure exceptionnelle, sensuelle et guerrière. Pax avait un faux air de Joe Strummer et portait un blouson de cuir sur lequel il avait reproduit l'illustration de l'album des Clash, *Give 'em enough rope*. Ce fut un K.-O. simultané que plus rien ne pourrait égaler à l'avenir. Ils n'étaient plus adolescents mais pas encore adultes : volcaniques l'un et l'autre, ils n'ont cessé de piller les héros raciniens qu'ils interprétaient. Ils se sont adorés, battus, trahis, quittés, humiliés, défiés, retrouvés, prisonniers du Vortex qu'ils avaient eux-mêmes déclenché, dans une spectaculaire catharsis qui les dépassait. Puis Sara, qui enchaînait les lubies (il s'est avéré par la suite qu'elle souffrait d'une légère bipolarité de type 2, heureusement corrigée par la prise de lithium), a décidé d'arrêter le théâtre et ses études de langues au profit d'un emploi dans une grosse agence de voyage, où elle serait chargée de parcourir le monde en quête de nouvelles adresses. Pax avait décroché un rôle récurrent dans une série en access prime time. Ils se sont mariés alors qu'ils n'avaient que vingt et un et vingt-deux ans, sans famille ni amis, sur une plage de l'île de Cythère, berceau d'Aphrodite – une idée de Sara, plus occupée à établir leur légende personnelle qu'à la vivre. Leur relation aurait pu se pacifier : Pax travaillait d'arrache-pied (les conditions de tournage étaient harassantes) et Sara, qui avait laissé pousser ses cheveux et retrouvé sa couleur d'origine, un blond doré plus rassurant pour ses clients, s'envolait deux semaines par mois, jonglant avec les décalages horaires. Ils se voyaient très peu et auraient dû consacrer leurs rares moments communs à la joie des retrouvailles. À l'inverse, leur jalousie réciproque s'est nourrie de leurs absences, les parquant dans un mode binaire, entre affrontement et réconciliation. Cassandre est née de ce torrent de violence et d'amour, de son écume aveuglante. La petite fille a employé en vain son enfance à tenter de réparer les blessures que ses parents s'infligeaient. Souvent, ils s'excusaient auprès d'elle des horreurs qu'ils avaient proférées, incapables d'attendre pour s'écharper qu'elle soit endormie. Ils pleuraient, assis sur le bord de son lit, et c'est elle qui finissait par les consoler, embarrassée de leur désarroi. Les années passant, la situation du couple s'est encore fragilisée. L'avènement des sites spécialisés sur Internet menaçait l'agence de Sara qui avait dû réduire ses coûts et la cantonnait à des tâches administratives désespérantes. Pax luttait pour rester sur le devant d'une scène que lui disputaient des comédiens plus jeunes et experts en réseaux sociaux. Il assistait, tétanisé, au déferlement de séries américaines aussi irrévérencieuses qu'efficaces, propulsées par le téléchargement et bientôt le streaming : Pax et Sara subissaient, sur leurs terrains respectifs, la vague numérique que d'autres semblaient surfer avec tant de facilité. Ils n'avaient que quarante ans mais se sentaient vieux et dépassés. Ils avaient peur et la peur mène à la folie : Cassandre avait douze ans lorsqu'elle les surprit en pleine bataille. Ce jour-là, la rage avait balayé toute forme de raison. Ses parents s'étaient empoignés avec tant de vigueur que les veines sur leurs bras semblaient près d'éclater. Ils progressaient lentement, comme deux lutteurs sur le ring, le visage déformé, hurlant, se promettant vengeance et douleur, dissociés du monde extérieur, égarés dans cette zone nébuleuse où le crime peut surgir à tout instant. Ils n'ont ni vu, ni entendu leur fille qui les suppliait de se réveiller, tirant sur une ceinture, un bras de chemise, un col, espérant les séparer. Un pied a dérapé (sans que l'on puisse déterminer à qui il appartenait) et entraîné la chute du monstre monolithe qu'ils formaient à eux trois. Lorsque Pax et Sara se sont relevés, Cassandre gisait étourdie sur le carrelage de la cuisine, le front ensanglanté. Ce n'était rien de grave sur le plan physique – une dizaine de points de suture et une cicatrice vouée à disparaître –, mais cela signa la ruine de leur couple et la fin de leur famille.

Douze ans ont passé dont quatre, le temps du divorce, ont pris la forme d'une guerre de tranchées, une guerre étrange et muette car Pax et Sara avaient rompu tout contact direct. Mais les enfants ont l'énergie de l'herbe folle qui pousse entre deux pavés : Cassandre a réussi à grandir sans trop souffrir. Elle a vite compris que rien ne réunirait plus ses parents et s'en est trouvée soulagée, elle qui n'aspirait qu'au calme. Son père n'a plus jamais prononcé le prénom de sa mère, et elle a appris à composer avec l'étanchéité. Douze ans plus tard, Pax est une terre calcinée, épuisée, nourrie seulement de quelques pluies d'été, avec en son noyau, profondément enfouie, cette boue visqueuse déposée par les événements des derniers mois. Pourtant, voici qu'une eau souterraine sourd et l'irrigue.

Voici que malgré sa croûte encore sèche, la vie pourrait s'y déployer à nouveau.

Ce soir-là, légèrement ivres, Emi et Pax veulent croire qu'ils se ressemblent et finissent par s'en convaincre. Combien de couples se fondent sur un malentendu ? L'une ignore ce qu'est l'amour, l'autre en a expérimenté la pire version. Elle est réservée, tournée vers l'intérieur, il est prolixe et extraverti. Néanmoins les voilà aimantés, confortés dans leur sentiment d'un destin commun, loin d'imaginer combien il l'est assurément. Persuadés de maîtriser l'essentiel (chacun d'eux est libre d'engagement et prêt à considérer une nouvelle relation), ils échangent à propos de l'actualité politique et sociale, puis des origines japonaises d'Emi et de celles, moins exotiques, de Pax, né dans un petit village de Champagne. Il décoche quelques traits d'humour, elle sourit. Lorsque le serveur se présente pour encaisser, car son service prend fin, Pax propose à Emi, qui l'accepte, de l'accompagner chez lui où il leur préparera un plat de pâtes : il est, promet-il, un spécialiste de la gastronomie italienne.

La cuisine attendra. Ils s'embrassent dès le seuil franchi, se laissent glisser sur le tapis, ne cherchent même pas à gagner le lit ou le canapé. Ils se déshabillent avec frénésie et jettent au loin leurs

vêtements comme s'ils se débarrassaient des douleurs incandescentes du passé, au moins l'espace
d'une heure ou deux. Mais leurs corps s'accordent
si bien qu'ils songent déjà que leur histoire durera
plus qu'un soir. Et ils sont encore nus, enlacés,
délivrés et rompus lorsque Emi murmure :

— Il faut que je te parle de mon fils, il faut que
je te parle d'Alexis.

Quelqu'un de bien

« [...] J'étais avec un homme, Pax Monnier, un comédien qui travaille avec moi chez Demeson sur une formation par le théâtre, tu as reçu mon message, non ? Je n'avais pas prévu de rentrer aussi tard, mais enfin, je suis adulte, n'est-ce pas ? Je serai à la maison d'ici dix minutes. [...] Oui, tu as bien compris. Et j'ai passé une bonne soirée, merci. [...] Ne te mets pas en colère, Alexis, je suis fatiguée, le frigo était plein, as-tu manqué de quelque chose ? [...] Laisse-moi terminer une phrase, s'il te plaît ! Ce Pax Monnier, figure-toi qu'il a tourné récemment avec McConaughey. [...] Oui, Matthew McConaughey ! Il le connaît très bien, ils s'apprécient beaucoup tous les deux. Je lui ai parlé de toi. [...] Dans les grandes lignes, bien entendu ! Tu sais que je ne dirais jamais rien d'intime, rien de trop personnel, est-ce que je l'ai déjà fait ? Une seule fois ? Même à ton père, je ne dis pas tout. [...] Crois-moi, il était touché, il a dû vivre lui aussi des choses difficiles, je l'ai senti, il n'est pas comme les autres, il n'a posé aucune question sordide, il n'a pas cherché à obtenir le moindre détail, rien ! Il voulait simplement savoir si tu allais mieux. C'est quelqu'un de bien, fais-moi confiance. »

Le sol de l'Olympe

Après le départ d'Emi, Pax se traîne jusqu'à son lit. Ses jambes ne le portent plus, son souffle est saccadé, il lui semble qu'il n'est qu'une enveloppe de peau exsangue et flasque, vidée de son contenu, graisse, os, muscle, fluides. Sa pensée est confuse, il griffe les draps dans des mouvements lents et désordonnés, voudrait frapper les murs de sa tête, comme il l'a fait ou plutôt simulé cent fois devant une caméra, mais il n'en a ni le courage, ni la force : il a usé la totalité de son énergie à maîtriser sa panique et composer face à la jeune femme un personnage cohérent – et il a réussi, grâce à ses années de métier. Il a déguisé sa stupeur en effroi, à moins que ce ne soit l'inverse. Il s'est montré scandalisé, à vrai dire il l'était. Il est allé puiser dans l'affreuse sensation qui s'est emparée de lui, l'an dernier, lorsqu'il a découvert l'étendue du désastre dans le bureau du commissariat où il avait été convoqué. L'avant-veille, Gaspard l'ayant convié à une fête donnée par une maison de production dans la foulée du rendez-vous avec Sveberg, il était rentré vers minuit. Un simple courrier glissé sous son paillasson lui enjoignait de prendre contact au plus vite avec les services de police pour « apporter son témoignage sur des faits s'étant déroulés dans l'immeuble ». Il avait tout de suite fait le lien avec le vacarme entendu plus tôt. Toutes sortes de scénarios s'étaient alors développés, formant sous son crâne une arborescence vertigineuse. Qui était A. Winckler ? Si la police enquêtait, l'affaire était sérieuse. Quelqu'un était-il mort, blessé ? S'agissait-il d'un règlement de comptes ? D'une dispute amoureuse, d'une agression sexuelle, d'un cambriolage qui aurait mal tourné ? Serait-il suspecté, et de quoi ? Qui d'autre était présent dans l'immeuble ? Il avait aperçu un homme, de dos : était-ce un employé d'une des sociétés logées dans les étages supérieurs, venu exceptionnellement travailler un samedi ? Un de ces types qui se faufilent partout pour distribuer des prospectus ? Un visiteur de A. Winckler ? L'agresseur ? S'il avouait aux policiers qu'il avait entendu des bruits inquiétants sans intervenir, serait-il accusé de non-assistance à personne en danger ? Il était sur le point d'obtenir un rôle susceptible de bouleverser sa carrière,

Gaspard lui avait soufflé que c'était presque fait. S'inviter dans les chroniques judiciaires risquait-il d'abîmer son image, de compromettre ses chances ? Les heures passant, dans un dialogue silencieux avec lui-même, sa honte l'avait conduit à réécrire l'histoire. Il ressassait les circonstances, les modifiant peu à peu pour justifier son inaction. Le bruit n'était pas si fort, n'importe qui aurait pensé à un emménagement, à des meubles que l'on traîne ou que l'on monte, à un marteau fixant des clous et écrasant une main maladroite (le cri). Quant à lui, il était sous pression, son attention focalisée sur cette rencontre inattendue avec Sveberg. Non, vraiment, il ne pouvait avoir conscience qu'un événement grave se déroulait à l'étage supérieur. Et s'impose-t-on chez son voisin au seul motif qu'il est bruyant en plein après-midi ?

Au petit matin, ses ruminations l'avaient convaincu d'aménager sa version des faits. L'audition, le lundi, avait été brève. À l'officier de police, il avait déclaré être repassé chez lui vers 16 heures pour prendre une veste, et n'avoir rien noté d'anormal : avancer d'une petite demi-heure la chronologie de ses mouvements suffisait à désamorcer les questions ennuyeuses. En raccompagnant Pax, l'officier avait soupiré : « Un gamin de dix-neuf ans, littéralement massacré, laissé pour mort, on vit dans un immense asile de fous, mon pauvre monsieur ! »

L'affaire, déjà, s'étalait dans la presse. A. Winckler s'était doté d'un prénom, Alexis, et d'un visage, celui d'un beau garçon aux cheveux bruns épais, aux yeux verts et aux traits réguliers, élève prometteur de classe préparatoire scientifique à qui l'on ne connaissait aucun ennemi ni aucune fréquentation douteuse. Il avait emménagé trois semaines plus tôt dans ce studio meublé pour se rapprocher de son lycée, en prévision des concours. Ses parents avaient versé sur son compte bancaire une somme modeste, tout juste suffisante pour se nourrir et acheter ses fournitures scolaires. Il possédait un téléphone portable dont il existait quatre versions plus récentes et bien plus désirables, ainsi qu'un ordinateur de moyenne gamme, retrouvés tous les deux sur sa table de travail. Il était entouré de bons amis mais sortait peu, travaillait dur dans l'espoir d'intégrer une grande école de l'aviation civile ou militaire. Un rêve anéanti : parmi la longue liste des blessures infligées au garçon et dont les séquelles ne seraient pas évaluées avant des mois, peut-être des années, la perte quasi-totale de la vision de son œil droit lui interdisait dorénavant de piloter.

Ces détails ravivaient la culpabilité de Pax au point qu'il avait envisagé de se confier à un proche. Il avait besoin de réconfort, d'entendre qu'il n'avait rien à se reprocher, qu'il eût été suicidaire de s'interposer face à une pareille brute, que la police serait forcément arrivée trop tard – les experts convoqués sur les plateaux de télévision affirmaient que l'agression avait duré moins de dix minutes. Mais auprès de qui s'épancher ? Lui était revenu ce vieux cliché selon lequel un véritable ami est celui qui vous aide « à cacher le corps ». Songeant à ceux qui partageaient ses soirées, comédiens ou techniciens rencontrés au gré des tournages, compagnes de passage, sa solitude lui explosait à la figure. Quant à sa famille ! Son ex-femme le détestait, son père était mort et il était impensable de dire la vérité et exposer ses états d'âme à Cassandre. Restait sa mère, alerte octogénaire, qui le soutiendrait en toutes circonstances. Voilà donc où il en était, à ce stade de son existence, à cinquante ans passés : il n'avait que sa mère vers qui se tourner. Ce constat l'avait abattu.

Peu après son passage au commissariat, Élisabeth avait téléphoné :

— Tu as vu cette agression ? Un psychopathe ! Ça s'est passé dans ton quartier, la Butte-aux-Cailles ! Samedi !

— Et alors ?

Élisabeth avait marqué une pause, déroutée par son ton agressif.

— Alors rien, ou plutôt si : tu as de la chance ! Tu aurais pu croiser son chemin.

Savait-elle quelque chose ? Il avait opéré un rapide retour en arrière. Ce jour-là, en raccrochant avec Gaspard, il s'était contenté d'annoncer la nouvelle du casting à Élisabeth, sans mentionner son intention de repasser chez lui. En outre, si Élisabeth, tout comme son agent et sa fille, connaissait son adresse, les médias ne l'avaient jamais citée : chacun ignorait donc que l'agression avait eu lieu dans son immeuble. Pax s'était apostrophé intérieurement : calme-toi mon vieux, tu raisonnes comme un criminel aux abois, or est-ce toi le criminel ? Bien sûr que non !

— Le plus grave, c'est que ce salaud court toujours, avait-elle ajouté. S'il n'a pas de mobile, qui nous dit qu'il ne recommencera pas ?

Cette conversation avait déclenché une angoisse supplémentaire. Jusqu'ici, Pax ne s'était soucié que de la victime et des conséquences de sa passivité. Soudain, il se découvrait en danger. Si cette silhouette entrevue était bien celle de l'agresseur, il était fort possible que ce dernier ait remarqué sa présence et le tienne pour un témoin gênant. Ce serait un comble ! S'enfonçant dans la paranoïa, il s'était mis à raser les murs, vérifiant sans cesse qu'il n'était pas suivi, sursautant au moindre son perçu dans l'immeuble. La nuit, il rêvait qu'un homme masqué de noir l'attendait caché dans l'ombre pour le rouer de coups. Son alarme sonnait en général au moment où il se sentait mourir, une mort qu'il acceptait avec résignation et soulagement si bien qu'il était presque déçu, l'espace d'une seconde, de se réveiller intact dans son lit. Il croyait toucher le fond, alors qu'il se trouvait au bord du gouffre.

Tout s'était précipité le dimanche suivant : vers le milieu de la journée, deux jeunes filles à peine plus âgées qu'Alexis Winckler étaient assassinées dans une attaque à Marseille, alors qu'elles bavardaient sur le parvis ensoleillé de la gare. Deux élèves aussi brillantes, douées, belles et généreuses que le jeune homme – deux noms qui s'additionnaient à la longue liste des victimes du terrorisme, réactivant les plaies encore sanglantes laissées par les précédents attentats. Le soir même, lors d'un concert à Las Vegas, un homme tirait méthodiquement sur la foule, blessant et tuant des dizaines de personnes qui s'ajoutaient aux milliers de décès par balle dénombrés chaque année aux États-Unis. Deux semaines plus tard, on apprenait encore qu'un double attentat faisait plus de cinq cents morts à Mogadiscio. « Faire des morts » : c'était une expression récurrente, un verbe fourre-tout qui renvoyait à un procédé de fabrication de masse.

De fait, les tragédies se succédaient sans relâche. Le monde semblait plonger dans un chaos irréversible, les médias sautaient d'un événement à un autre, plus récent, plus spectaculaire, plus vendeur.

Le cas d'Alexis Winckler s'était dissous dans l'explosion de cette violence protéiforme. Sur l'échelle implicite de l'horreur, graduée en fonction de la proximité géographique et de la gravité des atteintes, son affaire était devenue anecdotique : le garçon avait survécu et il n'y avait rien à en dire de plus d'un point de vue strictement journalistique.

Mais comment Pax aurait-il pu passer à autre chose ? Au contraire du reste du monde, il pensait continuellement à Alexis et à son assaillant. Où qu'il regarde, lorsqu'il ajustait son col de chemise face au miroir, lorsqu'il se penchait sur son téléphone, le visage de l'étudiant flottait dans son champ de vision. Des sensations de morsures et d'étouffement étaient apparues, le conduisant à consulter. Son médecin avait diagnostiqué des attaques de panique et lui avait prescrit du Xanax, un traitement qui avait diminué son anxiété durant les phases d'éveil – mais amplifié ses cauchemars, si bien qu'il avait préféré l'interrompre. Il avait perdu l'appétit et repris la cigarette. Ses traits s'étaient creusés, sa peau fripée sous l'effet des insomnies, vieillissant son allure. Il était devenu irritable, agressif. Élisabeth s'en inquiétait, persuadée que son état était lié au casting et à l'espoir d'un retour positif de Sveberg, d'ailleurs il l'était, même si elle était loin d'imaginer de quelle manière. Elle le tançait comme un gamin, lui conseillait d'être « un peu plus zen, quel que soit l'enjeu ». Il ne répondait pas. L'enjeu, elle n'en avait pas idée : il s'agissait de la justification des actes, de son absolution, autant que de sa réussite professionnelle. Sveberg était à l'origine de tout ! Il avait dévié le cours tranquille du destin. Sans son invitation à le rencontrer ce 23 septembre, Pax aurait travaillé jusque vers 18 heures chez Théa. Il serait rentré chez lui après la bataille, au sens propre comme au sens figuré. Il se serait installé devant un film avec un plat de lasagnes réchauffé au micro-ondes, peut-être endormi dans son canapé. Dans la soirée, on aurait toqué à sa porte, il aurait ouvert, surpris, à un policier à qui il aurait répondu en toute franchise qu'il n'était au courant de rien. Il se serait recouché, choqué et consterné par le fait divers, mais la conscience tranquille. Au lieu de quoi il était suspendu depuis plus d'un mois à une décision qui donnerait un sens à tout cela et se faisait attendre.

Enfin, Gaspard avait téléphoné.
— Allô, Pax ? Excellente nouvelle mon vieux, tu peux quasiment mettre à jour ton C.V. Sveberg

a trouvé quelque chose chez toi, quelque chose de très noir. C'est ce qu'il veut pour ce rôle, un homme sans illusion sur la nature humaine, tu vois ? D'ailleurs moi aussi, j'ai senti ce truc. Tu étais différent. Vraiment, tu m'as impressionné !

Il était *différent* au Lutetia. Avec cette remarque, Gaspard venait de faire émerger l'iceberg. Pax comprenait soudain ce qui lui avait manqué depuis toujours. Le drame fondateur, l'épreuve originelle, le fantôme qui hante les grands artistes. Qui était-il jusque-là, sinon un homme moyen en tout, à l'existence confortable et sans accroc ? Il n'avait jamais perdu personne hormis son père, mort paisiblement dans son lit à un âge que beaucoup aimeraient atteindre et, bien plus tôt, il devait avoir seize ou dix-sept ans, un camarade de lycée qu'il fréquentait peu, n'étant pas dans la même classe. Il n'avait jamais connu de maladie grave, ni pour lui, ni dans son entourage proche. Il n'avait pas été violé, abusé, agressé ou menacé, laissé pour compte ou marginalisé. Il n'avait manqué de rien. Le pire qu'il avait expérimenté était la séparation avec Sara et l'humiliation d'être refusé lors d'auditions.

Mais ce 23 septembre avait tout renversé : en un instant, Pax avait visité le bien et le mal, le mensonge et la vérité, le courage et la lâcheté. Voilà pourquoi dès son entrée dans le salon du Lutetia, ce vieux loup de Sveberg avait identifié, derrière le masque que lui tendait l'acteur, une détresse irréversible et féconde. Il avait respiré les phéromones de l'angoisse et de la confusion. Sa réponse était venue tardivement, mais sa décision, il l'avait prise le jour même. Il avait su d'emblée ce qu'il obtiendrait de cet homme tremblant au cou emperlé de sueur, et son flair ne l'avait pas trompé : Pax Monnier s'était dépassé lors des essais qui avaient suivi. Le comédien avait fourni une intensité qui avait surpris Gaspard – son agent ne s'attendait pas à une telle performance, sans grande importance au regard du film mais qui ouvrait de nouvelles perspectives, il pourrait désormais proposer le nom de Pax sur des projets ambitieux, non seulement parce qu'il bénéficierait de la caution de Sveberg, mais parce qu'il était bon, bien meilleur qu'il ne l'avait jamais été. L'agression d'Alexis Winckler avait engendré un autre Pax Monnier, un acteur saisissant, capable de faire vibrer l'écran d'une émotion pure. Déposant en lui des alluvions de honte, de peur, d'excitation, elle avait fait jaillir la sensibilité dont il semblait privé jusque-là.

Durant les huit mois qui ont précédé le tournage, Pax s'est employé à trouver la paix. Il a pris la décision de quitter son appartement pour emménager près de la porte d'Auteuil. Il ne supportait plus ce lieu qui lui rappelait l'agression, et puis cela brouillerait les pistes : personne ne serait plus en mesure d'opérer le moindre rapprochement entre Pax Monnier et Alexis Winckler. Dans la procédure judiciaire comme sur sa boîte aux lettres n'apparaissait que son véritable nom, Émile Moreau, un nom si commun qu'il lui avait paru autrefois indispensable de prendre un pseudonyme (il avait choisi Monnier, le nom de jeune fille de sa mère, sobre et classique, et surtout Pax, bien avant qu'Angelina Jolie ne s'en empare pour son fils, il voulait un prénom unique, élégant, glorieux, un prénom qu'il incarnerait entièrement à défaut d'être reconnu, et il avait fallu que cela lui soit enlevé par une star qui possédait déjà tout).

Il a loué un deux-pièces modeste dans un immeuble bourgeois, habité par des particuliers dont les allées et venues incessantes le rassuraient. Il a vécu une vie solitaire, allumant son téléviseur dès le seuil franchi sur une chaîne sportive dont le babil monochromatique constituait une présence convenable. Il a fui les journaux d'information qui le ramenaient en permanence à sa situation en évoquant un crime, un décès brutal, une flambée de violence. Il a bu souvent, mais sans excès (il n'allait pas tout foutre en l'air l'année où sa carrière pouvait décoller), espérant en vain faire barrage aux pensées encombrantes. Presque chaque jour, il repensait à l'agression. Il ne craignait plus rien pour lui-même, ayant fini par se convaincre qu'il était invraisemblable de croiser l'agresseur, mais son esprit le ramenait en permanence à Alexis Winckler. Il se projetait en lui, face au monstre en furie, tentait de ressentir l'épouvante, la lutte désespérée, puis s'interrogeait : le jeune homme était-il resté défiguré, handicapé ? S'était-il rétabli ? Comment se relevait-on d'un pareil séisme ? Un garçon qui avait quasiment l'âge de sa propre fille. Qui n'avait sans doute jamais affronté la moindre violence et n'était pas armé pour y répondre. (Tout cela, il n'en savait rien, de même qu'il ne savait rien de ce qu'avait réellement pensé ni vécu Alexis Winckler lors de l'attaque, Pax n'émettait que des idées générales bricolées à partir d'articles de presse.) Le temps érodait ses mensonges et le confrontait à une réalité affligeante : il n'était pas cet homme pressé qui avait cru à un emménagement, il était un lâche, froussard et égocentrique. Il éprouvait à présent une honte poisseuse d'avoir fui au lieu d'agir, d'avoir déformé et dissimulé les faits.

Il s'est accroché à la perspective du tournage comme un naufragé près de se noyer s'accroche à la vision d'une côte lointaine. Il a trouvé une consolation relative dans le personnage amer et lucide qu'il lui était offert d'interpréter, voyant un alter ego dans ce rôle pourtant jugé secondaire au point que les scénaristes ne lui avaient pas attribué de prénom – il était désigné dans le script par sa fonction : « barman ». Pax a répété si souvent ses cinq répliques qu'il lui est arrivé d'en laisser filer une par inadvertance alors qu'il travaillait avec Élisabeth ou dînait avec sa fille.

— On n'est jamais trahi que par les siens…

— Papa, il y a un problème ?

— Aucun problème, pardon chérie, j'avais la tête ailleurs.

— C'est bien ce qui me soucie.

Cassandre aimait profondément son père, quoi qu'elle pensât des leçons d'éthique et de morale qu'il lui infligeait à intervalles réguliers et de leurs divergences sur son avenir (il ne s'était jamais fait à l'idée que sa fille, une fille d'artiste, ait intégré une école de commerce). Leur lien indéfectible s'était noué durant sa petite enfance, lorsqu'il l'accompagnait chaque matin à l'école, perchée sur ses épaules. Il ajustait son bonnet, son écharpe pour qu'elle ne prenne pas froid, vérifiait ses cahiers, sa trousse, la recoiffait de l'index avant de pénétrer dans l'établissement, restait jusqu'à être chassé par une institutrice ou par la directrice. S'il n'était pas en tournage ou en répétition, c'est encore lui qui venait l'attendre vers 16 heures devant la grille et lui tendait son goûter. Il était souvent le seul homme, entouré d'une nuée de mères et de baby-sitters ; certaines, fidèles de la série dont il tenait un rôle-titre, lui demandaient parfois de prendre une photo avec elles tandis que d'autres affichaient une indifférence teintée de mépris, refusant de frayer avec un type qui faisait la couverture des magazines people. Lorsqu'elle saisissait au vol ces regards condescendants, la petite fille s'appliquait à sautiller et rire pour détourner l'attention de son père : pesant intuitivement les dégâts provoqués, elle s'érigeait en tendre bouclier, comme elle le faisait aussi lors des disputes conjugales.

Devenue majeure, elle a pris de la distance, mais cela n'a pas altéré leur amour. Elle a convenu avec Pax de se retrouver une ou deux fois par mois dans une brasserie (il se refusait à la voir chez lui, dans ce logement exigu qui le renvoyait à sa réussite médiocre) pour faire le point sur leurs vies respectives et ils s'y sont toujours tenus, y compris dernièrement, lorsqu'il s'est isolé. La jeune femme est observatrice. Elle a remarqué le changement de son père. Elle a été frappée par sa vive réaction lors d'un de leurs dîners alors qu'elle lui adressait une boutade à

propos de l'affaire Weinstein et de l'avalanche de
révélations qui ébranlait le milieu du cinéma :

— Tu n'as rien à te reprocher au moins ? Je
peux être fière de mon père ?

Pax avait blêmi.

— Tu m'accuses ? Et de quoi s'il te plaît ?

— Je plaisante papa, je sais bien que tu n'es pas
ce genre de pourriture. Oh là là, détends-toi, on
pourrait croire que tu es coupable.

— Se détendre ? Tu penses vraiment que je
peux me détendre ?

— Bon. Qu'est-ce qui ne va pas, papa ?

Pax a su ce jour-là qu'il devrait fournir une
explication, sans quoi elle l'interrogerait sans
fin. Il a mis en cause le film, Sveberg et ses exi-
gences, l'importance que tout cela revêtait dans
sa carrière. Il lui a affirmé que ce serait pour lui
un point de bascule. Le tournage à Paris avait
été programmé pour des raisons techniques au
mois de juin suivant.

— Eh bien, mon pauvre papa, tu vas devoir être
sacrément patient.

C'était un euphémisme.

Les jours ont filé. Cassandre a assisté, impuis-
sante, à la dégradation de Pax durant l'automne,
puis l'hiver. Elle éprouvait l'impression désagréable qu'il lui cachait quelque chose et s'est

inquiétée de sa santé, mais n'a pas osé aborder le sujet, à la fois par respect de son intimité et par crainte de découvrir qu'elle avait raison. Elle a dû attendre que ce foutu tournage ait lieu pour en constater les effets positifs sur l'humeur de son père et admettre qu'elle avait fait fausse route.

De fait, tout s'était déroulé à la perfection. En pénétrant sur le plateau, Pax se sentait comme un joueur de National 3 propulsé en Ligue 1, guettant les sifflets s'il ratait sa passe. Il se savait attendu au tournant par certains membres de l'équipe, décontenancés de voir au casting une figure de la télévision populaire. Mais dès le premier clap, il s'était transcendé, se délestant des pensées, des images pour entrer en osmose avec son personnage. Jusqu'au timbre de sa voix avait évolué lorsqu'il avait prononcé, avec gravité, sa dernière réplique : « Ne faites pas ça. » Il a reçu les félicitations chaleureuses et sincères de McConaughey. Peter Sveberg a levé le pouce, quelques membres de l'équipe ont même applaudi. C'était un succès relatif, presque un détail sur le plan de travail du film, mais pour Pax, c'était immense, c'était le signe qu'il avait fait, ce 23 septembre 2017, sinon le bon choix, du moins un choix productif. Il venait de côtoyer les dieux. Il avait foulé le sol de l'Olympe. Il aurait pu être rejeté, renvoyé à sa condition d'homme ordinaire, mais au contraire, il était accueilli, adoubé.

Le tournage achevé, Pax a commencé à croire qu'il pourrait mettre de côté l'affaire Alexis Winckler et se réconcilier avec lui-même. Cela ne se ferait pas en un claquement de doigts, mais chacun sait que le temps résout presque tout. Il apprivoiserait son passé d'autant mieux qu'il ne pouvait rien y changer. Il apprendrait à vivre avec une épine dans le pied, mais quel être humain pouvait se targuer d'en être dépourvu ?

Sa réflexion suivait une courbe sinusoïdale. Après s'être persuadé qu'il n'était coupable de rien, puis s'être haï, il était de nouveau prêt à s'exonérer en partie de sa responsabilité. Il s'est mis à observer les comportements de ses congénères, à les analyser. Ici, ce médecin, prescrivant un puissant neuroleptique pour se débarrasser d'un patient qui hurle sa souffrance et perturbe le service. Là, ce tenancier de bar servant une énième tournée à ses clients déjà ivres. Ce professeur qui s'abstient de sanctionner un élève par peur des représailles. Cet amant qui signifie une rupture en envoyant un SMS ou en se bornant à couper les ponts. Ce journaliste qui écrit des articles de complaisance. Ces employés pressés de regagner leur domicile, modifiant leur trajectoire pour éviter un homme qui tend la main puis s'émouvant, une fois calés dans un canapé confortable, du sort réservé aux migrants. Cette femme qui ne rend plus visite à sa mère au prétexte qu'elle souffre d'Alzheimer et ne s'en souviendra pas. Cette jeune fille qui refuse de témoigner d'un harcèlement dans son entreprise pour ne pas mettre sa carrière en péril. Cet homme qui prend la fuite en apprenant que sa compagne est enceinte, celui qui promet indéfiniment à sa maîtresse qu'il quittera sa femme ou cet autre qui laisse la sienne se rendre seule à l'hôpital pour avorter. Cent fois il a rejoué sur son ordinateur, les yeux exorbités, les caméras cachées du collectif suédois STHLM Panda où l'on voit des dizaines de personnes détourner le regard alors qu'elles se trouvent dans un ascenseur en compagnie d'une jeune femme violentée par son compagnon, ou qu'elles passent devant un sans-abri sur lequel des hommes s'amusent à uriner.

Il a pensé aux peuples vivant sous un régime totalitaire ou une dictature, qui s'accommodent de l'arbitraire et de l'horreur et parfois même y collaborent. Aux politiques qui s'engagent, face à la caméra, sachant pertinemment leurs promesses intenables. La liste s'allongeait sans cesse. Il s'est senti moins seul. Tout bien pesé, il n'était pas pire qu'un autre. Tout était question d'occasion, cette occasion qui libérait le monstre sommeillant en chacun de nous. La lâcheté était peut-être le caractère le mieux partagé dans ce monde : chacun l'expérimentait tôt ou tard, d'une manière ou d'une autre, et s'empressait aussitôt de la dissimuler. Pax avait obéi à ce déterminisme universel. Il avait agi de manière discutable, il n'en était pas fier, mais au moins en avait-il conscience, au moins avait-il renoncé à se mentir.

Il lui est alors apparu que cette introspection, ce long chemin intérieur était sa pénitence. Qu'il en serait ainsi jusqu'à la sortie du film et qu'il devait l'accepter. *Don't* récompenserait ses efforts et clôturerait le chapitre Alexis Winckler. D'ici là, il devrait supporter l'attente, c'était la loi du genre : après le tournage, la production du film se poursuivait sans les comédiens, plusieurs étapes restaient à franchir, le montage, les effets spéciaux, la musique. Il fallait rentrer chez soi, trouver d'autres occupations, accepter de n'être informé de rien durant des semaines, des mois, jusqu'à recevoir un coup de téléphone vous annonçant enfin que le travail était terminé et vous invitant à une projection privée réservée à l'équipe.

Théa & Cie était à l'arrêt durant l'été : Élisabeth s'envolait par tradition pour un long trekking quelque part en Himalaya. Pax n'avait pas d'autre tournage prévu avant le mois de novembre, où il jouerait le rôle d'un père luttant pour la garde de son enfant dans le cadre d'un unitaire pour Arte (depuis que Sveberg l'avait engagé, il avait convenu avec Gaspard de sélectionner avec rigueur les castings, il devait commencer à soigner son image). Il s'est inscrit à un atelier d'écriture scénaristique, à une formation en programmation neurolinguistique, puis à quatre cycles de cours dispensés par l'université d'été de la Sorbonne, des séminaires dont il n'a rien retenu : il s'installait sur les bancs de l'amphithéâtre et plutôt que d'écouter le maître de conférences, il scrutait les participants, espérant deviner leurs secrets inavouables. Il s'agissait pour lui de combler le vide, d'accélérer le temps. À la fin du mois d'août, alors que la plupart des gens rentraient de vacances euphoriques et halés, il était épuisé d'avoir couru aux quatre coins de la ville.

Déjà, le premier anniversaire de l'agression se profilait. Un an ! Il lui semblait pourtant que c'était un siècle. Le 23 septembre 2018 était un dimanche : Pax a proposé à Cassandre de l'accompagner au musée d'art moderne dans l'après-midi, puis à la Comédie-Française où se jouait en soirée *La Nuit des rois ou Tout ce que vous voulez* – un ami employé à la direction technique lui avait obtenu trois places en galerie. Elle s'est étonnée d'un pareil programme et cela a réactivé ses inquiétudes, mais elle y a vu l'opportunité de présenter à Pax son amie Ingrid. Les deux filles vivaient ensemble depuis six mois déjà, or Cassandre n'avait jamais trouvé le bon moment pour organiser une rencontre ni même pour faire savoir à son père qu'elle n'était plus célibataire. Cette journée serait parfaite – le musée, le théâtre fourniraient d'excellents sujets de discussion.

Ses espoirs ont été comblés. Pax a embrassé Ingrid avec gentillesse et a écouté avec application son avis à propos des encres de Zao Wou-Ki et de la mise en scène de Thomas Ostermeier. Cassandre s'est réjouie, c'était aussi simple que cela ! La vérité, c'est qu'elle aurait pu lui présenter n'importe qui ce jour-là, lui annoncer qu'elle ouvrait une école de surf à Hawaï ou entrait dans les ordres : Pax aurait conservé la même attitude stable et souriante. Il entretenait la conversation de manière mécanique, ne retenait rien de ce qu'il entendait, se contentait de donner le change et Dieu qu'il était doué ! Il faut dire qu'en dépit des cauchemars que le médicament provoquait, il avait repris le Xanax dès lors que les médias, la publicité, les conversations s'étaient fait partout l'écho de la rentrée scolaire et universitaire et que le visage d'Alexis Winckler avait ressurgi çà et là.

C'est à Alexis qu'il pensait lorsque les filles évoquaient leurs projets d'avenir, un stage en entreprise, un MBA aux États-Unis. C'est à Alexis qu'il pensait lorsqu'elles planifiaient de se rendre à un festival de musique le week-end suivant. Comment se portait le garçon, un an plus tard ? Où vivait-il ? En avait-il terminé avec les soins médicaux, avait-il repris ses études ? Pouvait-on imaginer une fin, sinon heureuse, au moins acceptable à leur histoire ? Ce dimanche en compagnie de Cassandre et Ingrid, loin de le protéger, rallumait sa culpabilité.

Il se trouvait dans cet état intermédiaire, tourmenté par ses remords mais déterminé à aller de l'avant et profiter de sa chance, se répétant en boucle les encouragements de Matthew, *good job, my friend, good job*, qui agissaient sur lui comme un mantra, lorsqu'il a poussé la porte de Demeson, dans les premiers jours d'octobre.

Il était fragile mais prêt, lorsque Emi Shimizu est apparue devant lui et, avec elle, la sensation subtile d'une renaissance. Quelques phrases, un grain de peau, un sourire fugitif, une présence magnétique ont suffi à le convaincre qu'il trouverait en elle la réponse à ses questions les plus intimes. Il s'est senti pardonné par une instance supérieure, touché par la grâce et l'amour. Il a eu envie de pleurer d'une joie profonde, lorsqu'elle a accepté, ce soir-là, de l'accompagner chez lui : il s'est cru sauvé.

Il est encore tremblant et recroquevillé sur son lit, une heure après le départ d'Emi. Lorsqu'elle a prononcé le prénom d'Alexis, il a eu un léger sursaut qu'elle n'a pas remarqué. Durant une fraction de seconde il a pensé : c'est impossible, Winckler, Shimizu, un garçon aux yeux verts, ça ne peut pas être lui !

Les mots, les silences, les soupirs, en suspension dans la pièce.

Emi a été brève. En termes pudiques, elle a raconté la violence inouïe, le destin broyé de son fils. Sa sidération, sa douleur insondable.

Elle a dit : je t'en parle, Pax, parce qu'Alexis est au centre de ma vie et que tu viens d'y entrer. Je t'en parle parce que tu es l'ami de McConaughey et que mon fils l'adorait, alors qui sait ? Je t'en parle parce qu'il n'y a rien à perdre et que j'ai peur de la suite.

Elle s'est blottie contre lui, les yeux clos, sa voix était douce, un frémissement, un vent léger sur un étang de larmes.

Elle a dit : j'avais choisi ce studio pour son calme, son isolement, je croyais qu'il serait bien là-bas pour préparer les concours.

Elle a dit : j'ai choisi le lieu de son massacre.

Pax l'écoutait crucifié, incapable d'organiser ses pensées ou d'émettre une parole intelligible.

— Mon fils souffrait, il était terrifié, et moi ? Je vaquais à mes occupations. Je n'ai pas éprouvé ce sixième sens qu'ont paraît-il les mères. Je n'ai rien éprouvé du tout. Il a fallu qu'il soit en retard au dîner pour que je m'inquiète de son sort.

— Tu n'es pas responsable, a fini par lâcher Pax – il lui semblait soudain qu'un nœud coulant enserrait sa gorge, prêt à l'étrangler. Un sixième sens n'aurait pas changé l'issue.

Elle s'est dégagée de ses bras, cherchant sa respiration.

— Oh si, figure-toi. S'il avait été pris en charge rapidement, son œil aurait pu être soigné. Il ne serait peut-être pas devenu ce garçon sauvage, sans joie et sans désir. Il aurait su pourquoi se relever et se battre. Un jour, il aurait accompli son rêve. Il aurait volé ! Mais il était seul dans cet immeuble vide, sans personne pour venir à son secours. Et durant trois heures, Pax, alors qu'il baignait dans son sang et sombrait dans le coma, sa propre mère n'a pas été fichue de deviner sa souffrance.

Devenir fou

L'univers enfle puis se rétracte autour d'Alexis.

Juste après l'agression, c'est un déferlement compassionnel. Sa chambre d'hôpital ne désemplit pas. Sa mère a obtenu un congé sans solde puis un aménagement de ses horaires. Elle dort près de lui, gère les mouvements : la famille, les amis, les amis de la famille, les amis des amis, les thérapeutes extérieurs, les enquêteurs, l'avocate, l'assistante sociale, le proviseur adjoint, le professeur de mathématiques, d'autres personnes dont elle n'a jamais entendu le nom auparavant mais qui semblent sincèrement préoccupées de la santé de son enfant. C'est aussi le grand retour du père qui s'était éloigné, happé par une famille toute neuve et désarçonné face à un fils aussi brillant que secret. Il demeure assis de longues heures près d'Alexis, silencieux, impuissant.

De l'agression, le garçon n'a aucun souvenir. L'espace-temps s'est fissuré, aspirant irrémédiablement une part de son histoire. Il est une route traversée d'un ravin sans fond ni pont pour relier les deux rives : celle de la vie d'autrefois et celle de la vie à venir. Il se souvient de journées étirées, jonglant seul avec son ballon sur le parking de la concession. Il se souvient du goût des pêches de vignes cueillies avec sa mère au crépuscule, lorsqu'elles sont encore chaudes du soleil des vacances. Il se souvient de Lune Descaux, de son indolence, de ses tenues bizarres et de ses cheveux ras, qui l'a laissé croire en l'amour pour lui apprendre le déchirement (ils n'avaient pas quinze ans, la jeune fille le soupçonnait de jouer avec elle, elle se trouvait laide et sans intérêt, ils s'appliquèrent à se faire souffrir mutuellement, se rendant coup pour coup, ne sachant exprimer ce qu'ils ressentaient et ce fut entre eux l'un de ces malentendus adolescents qui vous tordent une vie entière). Il se souvient de sa dernière rentrée des classes, de son sommeil agité, il pensait au tunnel qui le mènerait aux concours, ce serait un sprint d'un an, parviendrait-il au bout ? Il se souvient de ses camarades de révision, Hugo, Baptiste, Leïla, May, malgré les consignes du lycée qui préconisaient une nourriture saine, équilibrée, ils se gavaient au déjeuner de kebab, de pizzas et de burgers frites, c'était une parenthèse exutoire, ils oubliaient pendant une heure ce poids qu'on leur avait collé sur les épaules, la pression, la responsabilité, le sacrifice, ils redevenaient ce qu'ils étaient vraiment, une bande de grands gamins assoiffés de vie et de liberté. Il se souvient de ses projets, il serait pilote, ce rêve-là est né lorsque sa grand-mère l'a assis devant elle sur sa 750 et a poussé le moteur, il devait avoir six ou sept ans. Il se souvient de son excitation lorsque la moto a bondi vers l'avant, de l'air gonflant sa gorge, de son estomac aspiré dans sa cage thoracique, de l'ivresse et de l'euphorie, il a su qu'il en voudrait plus, il voudrait décoller, voler, franchir le mur du son, jouer avec les limites du ciel et de la terre et ce désir-là ne l'a plus jamais quitté, guidant et justifiant chaque étape de son parcours scolaire, y compris lorsqu'il a fallu ingérer des kilomètres de formules chimiques parce que c'était au pro-gramme – il adorait la physique mais détestait la chimie. Il se souvient d'un monde cohérent, bien-veillant à son égard, dans lequel les efforts étaient récompensés. Il comptait parmi les meilleurs élèves mais restait humble, détendu, souvent drôle et n'hésitait pas à partager ses connaissances malgré la concurrence âpre de la classe préparatoire et pour cela, il était reconnu, apprécié, aimé de tous. Il était heureux, comblé, même après le divorce de ses parents qui avaient eu l'intelligence d'être honnêtes l'un envers l'autre et surtout envers lui.

Il se souvient de ce passé comme on se souvient d'une représentation, d'une chorégraphie, il se souvient des rôles de chacun, le sien et celui des autres, puis s'observe, spectateur assis sur un strapontin, extérieur au spectacle, sur qui bientôt le théâtre s'écroulera – le 23 septembre 2017, entre 16 heures et 17 heures.

À son réveil, ses parents, les médecins, les visiteurs gênés et maladroits lui apprennent les faits : la sauvagerie de l'attaque mesurée au nombre de ses blessures, le handicap. Il a perdu 90 % de la vision de son œil droit. Leurs mots l'immergent dans un océan glacé, opaque, asphyxiant. Son iris devenu sombre, il possède des yeux vairons qu'il crève dans ses cauchemars. Il comprend qu'il habitera désormais l'autre rive, un continent brûlé dont l'horizon n'est qu'une ligne tremblante, reculant au fil des jours. À vrai dire, il est mort mais semble seul à le savoir : autour de lui, s'épaulant dans le mensonge, chacun s'évertue à se convaincre que « tout ira bien », que « c'est une question de temps ». La technologie progresse vite, son œil sera réparé par une intelligence artificielle : il reprendra « une vie normale, c'est certain ! »

Abandonnant au passé la mue du garçon heureux et complet, un autre Alexis s'extirpe et naît, pétri de peur et de stupéfaction, de colère et de désolation. Il cherche inlassablement une piste, un début d'explication. La question l'obsède, tourne en boucle, une insupportable ritournelle, pourquoi moi, pourquoi moi, pourquoi moi ? A-t-il déclenché ce cataclysme par un regard, un geste, une parole ? Il se rappelle, dans une sorte de flash, être sorti faire une course. Mais laquelle ? À quelle heure ? Pour le reste, c'est le trou noir, le néant. Aucune image. Aucun son. Aucune sensation. Aucun témoin. Les enquêteurs ont pour maigre butin la certitude qu'un poing américain a été utilisé. Il n'y a ni sang ni cheveux sous ses ongles ou sur ses vêtements, pas de traces ADN probantes dans l'appartement. Peut-être qu'en fouillant mieux, on trouverait quelque chose, mais Alexis est en vie et les fins limiers de la police scientifique ont été appelés sur des scènes jugées plus dramatiques.

Le garçon croit devenir fou. Dès qu'il est seul dans sa chambre, il se frappe la tête contre le mur pour vérifier qu'il ne dort pas et ajoute des ecchymoses à son corps déjà bleu des coups reçus. Les faits défient son esprit. Il envisage les éventualités les plus extrêmes (il a été drogué, il est le sujet d'une expérience secrète, on l'a plongé dans une réalité alternative), mais doit admettre qu'il n'est probablement rien d'autre que la victime aléatoire d'une violence absurde. Il découvre ébahi qu'il s'est trompé sur tout. Le monde est primitif et non civilisé, il est hostile, injuste, imprévisible. La valeur et les efforts d'un homme ne le protègent en rien – ou bien c'est qu'il s'est trompé sur sa propre valeur, et qu'il ne méritait pas d'être protégé. Son univers se lézarde puis cède tout à fait. Une rage inconnue l'envahit, le déborde, c'est une coulée de lave amère qui emporte ses croyances et ses convictions, mais aussi ce qu'il possédait de joie et de confiance, ne laissant qu'un cœur sombre et prématurément vieilli. Il refuse les cadeaux supposés apaiser sa souffrance, chocolats, livres, disques, et les offre aux aides-soignantes du service. Il jette à la poubelle l'amulette brésilienne déposée gentiment par la compagne de son père. Il n'ouvre plus les lettres et les mails reçus chaque jour (sa mère lui en a quelquefois fait lecture, les mêmes phrases vaines revenaient en volées cinglantes, « je ne peux me figurer ce que tu as vécu », « nous sommes avec toi par la pensée », « quel crime odieux », etc.). Il doute de la sincérité de ses amis, suspecte une curiosité malsaine ou une forme de superstition égoïste, comme si se précipiter à son chevet pouvait conjurer le danger. Il n'a pas tort : en apprenant l'agression d'Alexis, le garçon sans histoires, le bon copain, le fils rêvé, tous se sont sentis vulnérables. Le voir allongé, perfusé, les rassure :

la foudre ne tombe pas deux fois dans le même champ, le malheur de l'un garantit le salut des autres. Ils se penchent sur son lit, dévisagent leur ami, troublés par sa physionomie modifiée, ses cheveux en bataille, sa peau de craie, son regard étrange. Ils perçoivent son absence sans pouvoir la nommer – Alexis est en orbite, il gravite autour d'une planète qu'il ne reconnaît plus et ne souhaite plus rejoindre.

À peine a-t-il recouvré des forces, d'ailleurs, qu'il demande à suspendre les visites. Sa mère accède à sa requête, fait barrage. Emi Shimizu sait reconnaître l'invasion de la solitude. Elle fait sienne la douleur de son enfant, accepte sa noirceur espérant qu'elle sera temporaire, se borne à embrasser son front et caresser sa main. Il ne la retire pas, cela lui suffit. Rapidement, le bourdonnement de l'entourage diminue, s'étiole puis disparaît. Les familiers ont repris le cours de leurs existences tranquilles : ils ont rempli leur devoir, affiché leur soutien, que pouvaient-ils faire de plus ? L'actualité, la flambée de violence automnale, les multiples attentats qui ont suivi leur ont permis de relativiser le malheur d'Alexis et de maîtriser leur culpabilité. *The show must go on* : Hugo, Baptiste, Leïla et May reprennent le chemin de la bibliothèque, se barricadent dans le travail. Le père aussi espace ses passages puisque, au fond, c'est la volonté d'Alexis. Il espérait renouer, reprendre la place laissée vacante autrefois, mais cela n'a pas fonctionné. Après une période mutique, il a tenté d'engager la conversation avec son fils mais s'est montré maladroit, évoquant les prochaines vacances, la grossesse de sa compagne, la maison qu'ils prévoient d'acheter dans le Perche, le cours de tennis qu'ils y feront construire : « Je t'apprendrai, j'étais classé 15/1 à ton âge. » Alexis s'est contenté de tourner la tête du côté opposé, soulignant l'absurdité du propos et signifiant la fin de l'échange. Christophe s'en est vexé. Il refuse d'être relégué à l'arrière-plan par son propre enfant, même s'il a créé seul les conditions de cette relation bancale. Atteint dans son ego, il s'en prend maintenant à Emi, lui reproche d'avoir traité leur fils en « bête à concours », désigne implicitement sa responsabilité dans la tragédie : il a assez manifesté son désaccord quant à la location de ce studio et averti que le rythme d'une classe préparatoire imposait d'être entouré, libéré des contingences matérielles ! La vérité, c'est qu'à l'époque cela tombait mal. Il avait ces autres projets à financer, la naissance à venir, la longère sublime repérée depuis le printemps (il jouait la montre pour négocier un meilleur prix), mais aujourd'hui il prétend qu'il savait, qu'il sentait, il assure qu'Emi aurait mieux fait de l'écouter parce qu'il le possédait, lui, ce sixième sens. L'attaque porte. Emi n'a pas attendu les insinuations de son ex-mari pour se juger une mère exécrable. À la minute où elle a trouvé Alexis gisant sur le sol, elle a su qu'elle s'en voudrait jusqu'à son dernier souffle. Face à Christophe, elle ne se défend pas, au contraire. Elle lui répond d'une voix mécanique qu'il a raison : c'est entièrement sa faute. Il réalise qu'il est allé trop loin, qu'il l'a piétinée lorsqu'elle était déjà à terre, mais c'est trop tard : il y aura pour toujours entre eux cette accusation terrible.

Après cela, Emi et Christophe ne communiquent plus qu'au travers de SMS laconiques. Ils veillent à ne jamais se croiser au chevet de leur fils. Six semaines ont passé depuis l'agression, Alexis est transféré dans un centre de rééducation. C'est le plus jeune des pensionnaires et les infirmiers, les médecins, les kinés, ébranlés par son histoire, font de sa récupération physique un enjeu personnel : le garçon doit s'en sortir, il ne peut en être autrement ou bien c'est leur monde aussi qui vacillera. Leur investissement paie. Alexis fait des progrès. Lorsqu'il marche dans les couloirs, boitant d'abord, puis allongeant le pas jusqu'à ne conserver qu'un léger déhanchement, presque imperceptible, on se retourne sur son passage. Ses yeux hétérochromes, sa maigreur, ses mèches brunes frôlant ses épaules (il refuse de les couper) lui confèrent une allure irréelle, fascinante, on le croirait sorti d'un manga. Mais lorsqu'il croise un miroir, lui ne voit que des ruines. Il serre les poings, attend que les lumières et les bruits s'éteignent et succombe aux sanglots. Il se voit minuscule, face à un mur qui s'étend jusqu'au ciel. Il pense, j'ai dix-neuf ans et ma vie est foutue. Il pleure et pense, je suis un putain de borgne. Il imagine ses copains concentrés devant leurs bureaux ou excités devant une console de jeux et il pense : pourquoi moi, pourquoi moi, pourquoi moi ? Il renverse la table, donne des coups de pied dans le mur, il est un gamin perdu dans la foule des adultes et il pense subitement, *pourquoi pas moi*, son esprit s'égare, s'essouffle, voilà qu'il veut que tout s'arrête, voilà qu'il veut être mort pour de bon.

Emi l'a senti avant tous les autres. Elle n'a pas su éviter le malheur, mais dans cet hôpital, elle peut prédire une montée de température ou la réapparition d'une sensation. Elle peut traduire un tremblement, un battement de paupière, une respiration ralentie. Elle convainc le psychiatre de prescrire un traitement à Alexis et obtient des horaires étendus de visite. Le soir venu, elle masse son enfant jusqu'à ce qu'il s'endorme, d'une huile mélangée de pruche et d'amande douce confectionnée de ses mains. Elle s'assoupit près de lui, rompue, se réveille dix fois et murmure, « tiens

bon s'il te plaît, tiens bon mon amour ». S'il disparaît, il l'entraînera avec elle, elle se l'est juré sans
drame. Tiens bon, mon enfant. Mais le garçon se
stabilise, se détend sous l'effet des médicaments.
Ses os terminent de se ressouder. Son visage s'est
modifié sans perdre sa beauté, sa peau s'est lissée,
effaçant presque toutes les traces du crime. Le
traumatisme crânien n'a pas affecté ses capacités
de raisonnement ni ses fonctions sensorielles. Ses
articulations et ses muscles lui causent des douleurs parfois insupportables, mais il n'éprouve plus
ni vertiges, ni migraines, ni difficulté d'élocution. Il
a encore du mal à évaluer les distances, les ampli-
tudes, se cogne souvent, trébuche mais effectue
correctement les gestes répétitifs du quotidien. Le
corps médical décrète à l'unisson qu'il peut rentrer
chez sa mère pour achever sa rééducation. C'est
un matin de novembre, reviennent à Alexis les
vers de Baudelaire, *Quand le ciel bas et lourd pèse
comme un couvercle / Sur l'esprit gémissant en proie
aux longs ennuis / Et que de l'horizon embrassant
tout le cercle / Il nous verse un jour noir plus triste
que les nuits*, il enfile un à un les vêtements appor-
tés par sa mère, s'interrompt, reprend son geste,
oppressé, doit-il vraiment quitter le sas et retour-
ner à ce monde qui n'est plus le sien ? *Quand la
terre est changée en un cachot humide, / Où l'Espérance, comme une chauve-souris, / S'en va battant*

les murs de son aile timide, / Et se cognant la tête à des plafonds pourris ; allons, implore Emi, le taxi nous attend, et je suis là, je serai toujours là, tu le sais ?

Avant de se rendre au centre, elle a pris soin de remplir les placards et le réfrigérateur de ses produits favoris, céréales au miel, chocolat, fromage frais, jus d'orange pressée. Sonia et Izuru lui ont téléphoné pour dire combien ils se réjouissent, « le pire est derrière lui, n'est-ce pas ? ». Il y avait une joie naïve dans leur voix qui l'a vaguement réconfortée mais à présent qu'elle contemple son fils, hésitant à franchir le seuil, grimpant dans le taxi tel un condamné à mort sur l'échafaud, elle sait que rien n'est fini. Alexis se colle à la vitre de gauche, scrute la route en silence, aux prises avec les images qui tournoient, *Quand la pluie étalant ses immenses traînées / D'une vaste prison imite les barreaux / Et qu'un peuple muet d'infâmes araignées / Vient tendre ses filets au fond de nos cerveaux,* il lutte pour repousser la terreur qui grandit à mesure que la voiture approche de sa destination mais c'est en vain : la portière s'ouvre et elle surgit, animal vorace, qui a attendu son heure et s'engouffre, le possède, le dévore, une peur primaire, irréfrénable qui susurre que le psychopathe reviendra, peut-être se trouve-t-il déjà ici, dissimulé dans l'ascenseur, prêt à finir son funeste travail. Alexis arrache les clés des mains de sa mère, se rue en boitant dans l'escalier, puis dans l'appartement, hurle, l'engueule, dépêche-toi, maman, mais qu'est-ce que tu fous ! *Des cloches tout à coup sautent avec furie / Et lancent vers le ciel un affreux hurlement / Ainsi que des esprits errants et sans patrie / Qui se mettent à geindre opiniâtrement.* Il verrouille la porte dans son dos, transpire, il a mal au ventre, au crâne, l'odeur âcre et vomitive du sang lui revient, l'impact précédant le coma, il fixe les détails qu'il connaît par cœur, s'y accroche espérant domestiquer sa pensée, le meuble à huit tiroirs de l'entrée, le vide-poches en forme de feuille d'érable, les appliques discrètes, le parquet stratifié, le bouquet de fleurs séchées, le brûleur d'encens. Emi est désarçonnée. Pour une fois, elle n'a pas anticipé la réaction de son fils. Elle pensait qu'il serait bien ici, où il n'a que de bons souvenirs, les années de lycée puis la première année de prépa, studieuse mais heureuse. Elle voyait en ce lieu un asile tranquille et sécurisant. Or elle prend soudain conscience que rien ne peut rassurer Alexis, puisque l'on ne connaît ni l'agresseur, ni le mobile, ni même les circonstances de l'agression. Ce qui s'est produit sans raison peut se reproduire à tout moment, c'est aussi simple que cela. Son fils ressemble désormais à un chat errant, efflanqué, son œil valide parcourant les lieux en mouvements saccadés, guettant le danger imminent. Elle aimerait se jeter sur lui, l'envelopper de son amour, mais il est ailleurs, inaccessible, désaxé. Elle lui jure qu'il ne lui arrivera plus jamais rien de mauvais, mais il a en retour un petit rire ironique qui la poignarde. Et le lendemain, alors qu'elle s'apprête à partir au bureau, il la retient, s'accrochant à sa veste, hagard, jusqu'à ce qu'elle capitule et s'écroule avec lui sur le sol, *Et de longs corbillards, sans tambours ni musique / Défilent lentement dans mon âme ; L'Espoir, / Vaincu, pleure, et l'Angoisse, atroce, despotique, / Sur mon crâne incliné plante son drapeau noir.*

Pour Alexis, Emi accepte d'augmenter le blindage de la porte et se procure un deuxième portable dont il sera seul à posséder le numéro, afin qu'il puisse la joindre en toutes circonstances. Elle achète une torche Shocker capable d'envoyer une décharge de cinq millions de volts (elle a relu trois fois le descriptif, horrifiée) qu'il attache à sa ceinture, et cinq bombes de gel CS au poivre qu'il place dans la cuisine, la salle de bains, les toilettes, l'entrée et le salon. Les premiers jours, il demeure figé dans sa chambre, s'appliquant à capter et interpréter les bruits extérieurs, à traduire de son œil gauche les ombres surgies sur sa droite. Puis il tente une stratégie opposée, pose son casque sur ses oreilles et pousse le son à plein volume, les yeux fermés, comme s'il attendait que la mort le prenne par surprise. Il refuse de sortir sauf pour se rendre chez le psychiatre (il n'a pas le choix, il est tenu à une séance hebdomadaire), mais alors, c'est un cérémonial interminable et millimétré qui se déroule. Emi enclenche l'alarme, range une des bombes d'autodéfense dans la poche intérieure de son sac à main et ouvre le chemin jusqu'à l'ascenseur, Alexis calant son pas sur le sien. Ils traversent ensemble la résidence et marchent jusqu'à la gare (le cabinet se situe à Paris), attendent l'arrivée du train dos collé aux panneaux d'affichage, s'installent dans le wagon de tête sur les sièges qui jouxtent la cabine du conducteur. Parvenus en ville, Alexis se colle contre le flanc gauche de sa mère de sorte qu'elle couvre son angle aveugle mais cela ne suffit pas, il l'interpelle sans cesse, croyant à tort distinguer un mouvement suspect. Des passants se retournent, perméables à la tension qui émane de ce couple bizarre, et chacun de leurs regards suspicieux plante sans qu'ils le sachent une banderille dans la nuque d'Alexis et une autre dans l'estomac d'Emi.

Des séances avec son médecin, Alexis ne dira pas un mot. Emi espère que le psychiatre parviendra à enrayer la dégradation intérieure de son fils. Elle lui a fait savoir qu'il a transformé leur domicile en camp retranché et cumule les attitudes maniaques, mais elle n'a pas trouvé les termes justes pour décrire ce qu'elle ressent : son fils s'absente de la réalité commune. Il repousse le passé, le présent, le futur, flotte dans sa chambre comme dans un caisson d'isolation, s'accorde pour seul refuge la musique qu'il compose durant des heures sur son ordinateur. Avec sa mère, il alterne les phases de colère et d'abattement, la bouscule, la blâme à tout propos, elle parle trop fort ou pas assez, il fallait prendre des piles AA et non AAA, elle n'a pas choisi le meilleur créneau pour la séance de kiné, le café est amer, elle rentre tard – puis il s'excuse, étranglé, lui fait couler un bain ou chauffer de l'eau pour son thé. Emi ne se plaint pas. Elle tient, Dieu sait comment, se confie à Langlois qui lui recommande de ne rien attendre d'Alexis dans l'immédiat, ne rien presser – l'année scolaire est fichue et la suite est confuse, la vision monoculaire du garçon le ralentit considérablement. Le psychologue l'encourage à lutter contre la routine, cultiver la variété des sensations, alors elle réussit l'exploit de préparer chaque jour des repas colorés composés de produits de saisons qu'elle court acheter pendant sa pause déjeuner. Le soir, elle raconte à son fils le balancement des bouleaux qui se dénudent, le sifflement du vent qui file entre les buildings, le givre qui blanchit les fougères, les premières neiges fondant sous le soleil d'hiver. Elle transmet les messages laissés par ses amis mais n'insiste pas pour qu'il les rappelle. Elle quitte l'appartement un dimanche entier, mi-décembre, pour permettre à Christophe de passer du temps en tête à tête avec Alexis. À vrai dire, c'est une journée exceptionnelle, le premier répit qu'elle s'accorde en trois mois, elle planifie une promenade de plusieurs kilomètres en forêt, s'équipe de bonnes chaussures de randonnée, d'une polaire confortable et durant cinq heures, se gorge d'oxygène au contact des arbres et de l'épais tapis de terre et de feuilles dévorées de pourriture, grouillant encore de vie souterraine. Lorsqu'elle rentre repue, régénérée, elle découvre que Christophe est reparti après vingt minutes, braqué par le silence insolent de son fils, mais elle n'émet aucune critique.

Le jour de Noël, elle organise un simple dîner avec Sonia et Izuru, sans sapin ni décorations. Lorsqu'il apparaît sur le seuil, son père porte un sac de toile beige dont il sort un jeu de Shogi et aussitôt le cœur d'Emi bondit, car elle reconnaît le tablier de bois patiné et poli par les doigts de son grand-père dans le jardin de Takeno, elle revoit ces mains arachnéennes aux veines proéminentes et à la peau douce qui l'ont menée à l'âge de huit ans jusqu'au sommet de la colline, là où se sont créées pour toujours ses défenses invisibles. Alexis s'approche du plateau, fait glisser les pièces une à une, écoute Izuru en commenter la signification, le roi, le général d'or, le général d'argent, le lancier et le cavalier, et cette étincelle, cette curiosité inattendue, gonfle sa mère d'espérance.

Langlois met en garde Emi : sans avoir jamais rencontré Alexis, il sait qu'il lui faudra bien plus que quelques mois pour se relever, c'est-à-dire, à nouveau aimer vivre. C'est une des difficultés à affronter, ce temps à plusieurs vitesses. Ceux qui n'ont jamais frôlé la mort et ignorent la force de l'épouvante ont tendance à fixer des délais. Dans les conversations en ville qui mentionnent Alexis, on entend qu'« il est jeune », qu'« à cet âge on se remet facilement », qu'« il faut savoir tourner la page », que « c'est une question de volonté ». Alexis n'a plus de volonté. La peur et la désillusion ont tout détruit. Pourtant, il lui arrive de penser qu'il aimerait surmonter le néant, revenir à ce monde qu'il a fréquenté autrefois, mais comment ? Son agresseur l'a déconnecté et propulsé dans cet espace parallèle où il erre, telle une coquille vide dépourvue de direction. Il s'essaie parfois brièvement à la présence, ôte son casque, ouvre la fenêtre, écoute le rire des enfants qui jouent dans le square voisin, mais l'instant d'après, il suffoque comme un poisson hors de son bocal et referme les battants. Ou bien encore, il se rend dans la chambre de sa mère où se trouve l'unique miroir de la maison (à sa requête, Emi a condamné celui de la salle de bains pour lui épargner son image, ses traits au couteau, son œil mort), mais panique en découvrant son reflet. Les événements le renvoient perpétuellement à sa débâcle : de nouvelles interventions chirurgicales programmées en février, la période des concours qui s'étend jusqu'en juillet, les inscriptions qui ouvrent çà et là dans les écoles et les universités, les calendriers administratifs (il ne compte pas candidater mais, dans le cas contraire, serait bien en peine de le faire, le système ne l'identifie plus), la Coupe du monde qu'il s'était promis de suivre et de fêter avec ses copains, convaincu que l'équipe de France remporterait le trophée pour ses vingt ans – il a vu juste, la France décroche sa deuxième étoile, mais il ne fête rien, ni la victoire ni son anniversaire. La maison louée pour l'été, dont le terrain de tennis adjacent, qu'il observe cloîtré depuis l'étage, lui rappelle la liste des activités *vivement déconseillées* par son ophtalmologue afin de préserver son œil valide, les jeux de balle mais aussi et c'est le comble, les sports de combat – il lui est donc interdit d'apprendre à se défendre. Quand bien même il serait autorisé à pratiquer, le pourrait-il ? La douleur devenue chronique connaît des poussées féroces, il est alors un vieillard dans un corps de vingt ans, dépendant du Skenan et bégayant pourquoi moi, pourquoi moi, pourquoi moi.

Le coup le plus violent survient avec la rentrée. Un an déjà ! C'est le propre des anniversaires d'établir une jonction entre bilan et perspectives. Alexis se cogne à la réalité. Il contemple ce qu'il est et ce qu'il aurait pu être. Il a une révélation : il n'est que vide, absence, creux. Depuis l'enfance, il a suivi des rails censés le mener quelque part où il n'ira jamais. Que reste-t-il de son parcours, dès lors que tous les plans s'effondrent ? Il s'est consacré à obtenir les meilleurs résultats, a travaillé avec constance. Il s'est montré bon élève, bon fils, bon camarade, comme on le dirait d'un bon petit soldat. Il a fait ce que l'on attendait de lui, a rempli son contrat, mais sans doute aurait-il dû lire les alinéas de bas de page : rien n'est prévu pour compenser le sol qui s'est dérobé sous ses pieds.

Le 23 septembre 2018, tandis que Hugo, Baptiste, Leïla et May s'en vont ensemble au cinéma, tandis que Christophe commande avec Pauline un petit lit de bois laqué et que le monde poursuit imperturbablement sa route, Alexis Winckler se terre sous son bureau, genoux serrés contre la poitrine, psalmodiant des paroles qu'il croit écrites pour lui, « *This isn't happening, I'm not here, I'm not here, in a little while, I'll be gone*[1] ». Mais lorsqu'il se relève à l'aube du jour suivant, les membres ankylosés, et qu'il trouve sa mère assise dans le couloir, inerte, le menton incliné sur l'épaule, les paupières agitées d'un tressaillement convulsif, les doigts entremêlés, comprimés au point que le sang s'est retiré de ses dernières phalanges, lui revient alors la seule raison pour laquelle il doit rester en vie. Il la soulève, la ceinture avec rage, lutte pour empêcher son corps de glisser, la traîne jusqu'à sa chambre, la dépose dans son lit, déboutonne son chemisier qui semble entraver sa respiration. Les cheveux défaits d'Emi balaient son visage, une mèche brune se coince dans sa bouche entrouverte. Il l'ôte avec délicatesse, se hâte d'aller chercher un linge humide qu'il applique sur ses tempes, et souffle dans son oreille, *maman, maman, maman*.

À vrai dire, ce n'est pas la première fois qu'il trouve sa mère dans cet état. Ils n'en parlent pas, n'y font même pas allusion. C'est un mystère qui s'est installé entre eux récemment. Est-elle malade ? Épuisée ? Somnambule ? Après chacune de ces crises, Emi réapparaît comme si de rien

---

1. « Ce n'est pas en train de se passer, je ne suis pas là, je ne suis pas là, dans un instant, je serai parti » (Radiohead, « How to Disappear Completely », *Kid A*, 2000).

n'était, la peau fraîche et rose, habillée, coiffée, impeccable. Elle dépose un baiser sur le front de son fils, lui sourit : à ce soir ! Il l'épie qui s'éloigne. Fine et gracieuse, elle s'attarde près d'un bosquet de laurier, en détache avec soin une feuille, la glisse dans sa poche. Qui se douterait qu'en elle, une ombre s'étend peu à peu ?

Saisi d'amour, il se promet de la protéger coûte que coûte. Et lorsque vers la fin novembre, sa mère lui reparle de cet homme, et propose de le recevoir ici, dans cet appartement où hormis ses grands-parents, son père et une poignée de soignants, personne n'est entré en quatorze mois, le garçon accepte, comptant que Pax détiendra une partie de la solution.

Qui tient le revolver ?

C'est un piège, pense Pax : un piège dont j'ai tracé le plan moi-même sans prévoir la sortie.

Emi a suggéré qu'il leur rende visite un dimanche. Il a prétexté des engagements pour les week-ends à venir. Cela lui laisse le temps de résoudre l'équation, d'examiner les options. La plus directe serait de mettre fin à leur relation. Il sait quitter les femmes, leur donner le beau rôle sans avoir à mentir : il se décrit comme un homme faible face à la beauté, sans intention de s'engager ; il assure qu'il préfère s'éclipser avant de les blesser, qu'elles ne le méritent pas. Mais cette fois, ce n'est pas aussi simple : il est amoureux. Trois semaines de rendez-vous fiévreux ont scellé ses sentiments. S'il avait su qui elle était, bien sûr, il aurait posé des barrières, mais auraient-elles tenu ? Dès qu'Emi pénètre son champ de vision, son pouls se gèle ou s'affole, il perd le fil de ses pensées et toute forme de volonté. Bon sang, mais pourquoi ? Pourquoi a-t-il croisé le chemin de cette femme, ou plutôt, celui de son fils ? S'agit-il d'un pur hasard ? D'une punition divine, d'un principe de karma ? Il se souvient de l'intuition mystique éprouvée l'an dernier, lorsqu'il a été invité à rencontrer Sveberg : il était la balle dans le barillet, prête à ricocher d'un corps à l'autre. Le coup est parti. Mais qui tient le revolver ?

Il est tôt – ils se sont retrouvés chez Demeson avant de se rendre ensemble au centre de formation. Il transpire, cherche sa respiration, elle s'inquiète, craint qu'il fasse un malaise (il en fait un, oui, en quelque sorte), lui propose d'appeler un médecin, il faut investiguer, ce pourrait être un infarctus mais lui refuse, jure contre toute vraisemblance que tout va bien. Elle insiste. Il réplique qu'elle ne peut pas comprendre. Elle croit deviner une partie du problème : il est gêné par sa demande. Affronter un jeune homme traumatisé, muré dans sa colère, n'est sûrement agréable pour personne. Elle pose sa main sur celle de Pax, s'excuse d'avoir pu exercer une pression. Il est effondré. Il n'est plus question pour lui de s'arranger avec sa culpabilité, de jouer avec les interprétations : son intervention aurait permis que l'œil d'Alexis soit sauvé, un point c'est tout. Il se déteste, se méprise, se prépare à confesser sa faute. S'interrompt : il ne peut plus ignorer les conséquences de ses actes. Des aveux, s'ils soulageraient sa conscience, ne guériraient pas Alexis mais briseraient à coup sûr Emi. Ce lien inattendu entre eux la porte, il le voit bien. Ses traits se modifient, s'arrondissent lorsqu'elle est dans ses bras. Il est la source de son énergie tout comme elle est la sienne. Voilà où leur affaire devient vertigineuse. Pax n'ose imaginer ce qu'elle ressentirait en apprenant la vérité. De l'horreur sans aucun doute, envers lui mais peut-être plus encore à l'égard d'elle-même. Il se refuse à lui infliger cela : Emi a déjà bien assez d'un monstre à haïr. Il se résigne donc à se taire pour toujours. Mais comment s'assurer de son propre silence ? Pourra-t-il vivre avec ce secret, l'enfouir dans un recoin de son âme dont il verrouillerait l'accès, ne plus jamais y penser, ne plus jamais y revenir ? Pourra-t-il soutenir le regard de cette femme qu'il aime tant – et celui de son fils ? Pourra-t-il lui mentir jour après jour sans jamais rien laisser paraître ? Oui, le voilà le vertige : la protéger, c'est la trahir.

Il la contemple. Penchée sur son bureau, elle classe les dossiers qu'elle remettra aux participants à l'issue de la session – deux sont encore prévues puis la formation prendra fin. Elle est vêtue de ce chemisier blanc et de cette jupe droite gris pâle qui transcendent sa beauté, l'éclairent quand sur n'importe qui d'autre, la tenue paraîtrait triste, bourgeoise et surannée. Elle s'affaire, concentrée. Chacun de ses gestes est précis et efficace. Pax se sert un café, lui en tend un, se balance d'un pied sur l'autre, égaré. Un cri léger le tire de ses pérégrinations intérieures. Elle a lâché sa tasse. Le café zèbre son chemisier, se répand sur sa jupe, coule goutte à goutte sur le parquet, dessinant une flaque sombre sous sa chaise. Elle jette un regard douloureux à Pax et file nettoyer ses vêtements – déjà, le taxi les attend pour les conduire jusqu'au centre de formation où la séance débutera dans moins d'une heure. Lorsqu'elle revient, la tache reste visible à hauteur de sa poitrine. Elle passe son pouce sur le tissu, en perçoit les irrégularités nées du frottement, s'y accroche, repoussant les émotions qui l'assaillent. Ses lèvres pâles se contractent tandis qu'elle replace sa veste et noue son foulard.

— Ce n'est pas si grave, glisse Pax. Cela finira par disparaître.

— Je ne crois pas, murmure Emi. Certaines traces ne disparaissent jamais tout à fait.

Ils se taisent, chacun colonisé par ses propres enjeux. Pax est ce rat de laboratoire enfermé dans un labyrinthe, quêtant la récompense et redoutant la sanction. Emi quant à elle vient de lire le nom de Jérôme Tellier, le partenaire de Christian P., sur la liste des participants du jour. Tellier ! Le médecin lui avait pourtant prescrit un arrêt de longue durée – ainsi qu'à leur troisième collègue présent dans le camion, un intérimaire qui effectuait sa première mission chez Demeson. L'intérimaire souffrait d'une luxation de la hanche et Tellier de deux fractures, l'une claviculaire et l'autre humérale, sans compter les ecchymoses et les hématomes – des miraculés donc, en regard du sort de Christian P. Si l'intérimaire a disparu des fichiers avant même qu'Emi puisse mettre un visage sur son nom, elle se souvient très bien de l'amitié qui unissait Christian P. et Jérôme Tellier. Leur lien a été mis en avant lors de l'enquête pour appuyer la thèse de l'accident contre celle du suicide : comment Christian P. aurait-il pu entraîner dans la mort un homme avec lequel il partageait non seulement vingt ans de collaboration mais aussi une part de son intimité ? Chaque été, ils louaient en compagnie de leurs familles respectives une maison en Bretagne où ils organisaient des barbecues, des tournois de pétanque et de ping-pong, ils jouaient au foot et au volley avec leurs enfants sur la plage.

L'hypothèse du suicide était inconcevable, tant pour Jérôme Tellier que pour l'épouse et la fille de Christian P. Il aurait fallu admettre qu'ils

chérissaient un assassin en puissance, un fou
dépourvu de cœur et de morale. Il aurait fallu
admettre que leurs propres vies ne valaient rien
à ses yeux. Christian P. était un homme de tem-
pérament, il avait autrefois mené son monde à la
baguette, mais jamais, non jamais, martelaient-ils,
il n'aurait nui aux siens ! Malgré cela, Jérôme
Tellier était la proie de doutes récurrents depuis
qu'il s'était réveillé sur une civière, transporté par
des ambulanciers. Il savait Christian P. profondément blessé par cette ultime proposition de la
DRH, la *transition de carrière*, et s'en était ouvert
à Emi peu avant l'accident, un jour qu'ils se trou-
vaient par hasard assis ensemble au restaurant
de l'entreprise. La fin du mois d'août connaissait un pic d'activité particulièrement élevé et
Christian P. (qui d'ordinaire n'intervenait plus
sur de simples déménagements de particuliers)
avait été prié de *reprendre le collier*. C'est l'expression qu'il avait choisie, ce soir-là, alors qu'il
buvait un pastis avec son ami pour se rafraîchir,
exténué d'avoir soulevé, porté, déposé, grimpé
des heures sous un soleil de plomb. Il avait
ajouté : « Le collier est serré et la laisse courte,
mais le chien est méchant, et pas si bête, il mor-
dra les maîtres avant de crever. » En quelques
semaines, Christian P. avait changé, gagnant
de l'embonpoint et perdant ce qui lui restait de

cheveux. Il s'était montré tendu et agressif, lui qui était d'un naturel pondéré et conciliant. Voilà pourquoi Jérôme Tellier avait averti Emi Shimizu, entre un yaourt et une grappe de raisin trop mûr : il s'inquiétait.

— Oh, je vois, avait répondu Emi. Qu'il m'adresse un mail, je le recevrai, bien sûr.

Tellier était déçu, il aurait aimé qu'elle prenne l'initiative. Au lieu de cela, il devrait suggérer à Christian P. d'écrire à la responsable QHSE et sa réponse, il la connaissait par avance : *ce n'est pas moi qui ai un problème ! Ils SONT le problème !* La conversation s'était arrêtée là : il n'aurait pas su argumenter.

D'habitude, Emi profite des trajets en taxi pour revoir avec Pax les grandes lignes de la formation. Aujourd'hui, silencieuse, elle rédige dans sa tête un mémo destiné au responsable RH qui n'a pas jugé utile de la prévenir du retour de Jérôme Tellier, déplacé vers un poste administratif, ni du fait qu'il assisterait à cette séance. Sans doute a-t-elle le tort d'occuper un bureau à l'autre bout du couloir et un poste à pouvoir limité ? Elle purge sa colère mais sait qu'elle n'enverra rien – il faudrait expliquer en quoi Tellier revêt une importance particulière, pourquoi elle aurait voulu se préparer à le revoir, pourquoi sa gorge est nouée à ce point. C'est impossible. Elle n'en dira pas un mot, à personne.

Arrivés au centre, elle laisse Pax régler le chauffeur de taxi et se hâte vers la salle de séminaire. Elle salue les participants d'un geste bref, cherche le carton désignant sa place, s'assied et se plonge ostensiblement dans ses notes, son sac posé sur ses genoux dans l'espoir qu'il dissimulera son chemisier taché. Le deuxième comédien engagé par Élisabeth pour interpréter les saynètes se trouve déjà sur l'estrade, occupé à installer le matériel. C'est un jeune homme tout juste sorti de l'école de théâtre dont la désinvolture et l'assurance clament qu'il n'occupera pas longtemps ce job, qu'il régnera bientôt sur les planches et signera des autographes plutôt que les feuilles d'émargement des participants. Il marche de long en large, s'éclaircit la voix, tente d'accrocher le regard d'Emi – en vain, elle est ailleurs. En revanche, Pax reconnaît le manège et pour cause : le garçon, c'est lui, vingt ou trente ans en arrière, en plus beau de surcroît. Il se revoit s'exerçant au charme, gavé de la puissance que confère la jeunesse, prétendant être libre, fort et sans crainte. Ce Thomas, puisque c'est son prénom, le renvoie à sa quête éternelle. En un fragment de seconde, le voici à nouveau saisi par ses démons, l'impérieuse nécessité du succès, de la reconnaissance et de l'amour du public, balayé par cette sensation glaçante qu'une armée de jeunes premiers se trouve en embuscade, s'apprêtant à lui ravir son dû. Il est jaloux, doublement. De l'intérêt qu'Emi pourrait accorder au garçon, bien qu'elle n'en manifeste aucun, et de la place qu'il pourrait lui voler sur l'affiche – bien qu'ils n'aient aucune chance d'être en concurrence directe. Cette journée, décidément, devient irrespirable. Il s'éloigne quelques minutes dans le couloir, songe à Sveberg, à *Don't* qui restaurera une forme d'équilibre – oui, mais quand ? Revient à Emi Shimizu, à Alexis Winckler, au piège, s'enferre dans ses pensées circulaires, remplit un gobelet à la fontaine d'eau, y trempe les doigts et s'asperge le front pour renouer avec la raison et le calme.

Lorsqu'il pénètre dans la salle comble, agitée des rires puérils qu'échangent les employés heureux de consacrer une demi-journée à écouter des consignes plutôt que se briser le dos au cul des camions, l'absence d'Emi lui saute aux yeux. Sa place est vide, ni sac, ni stylo sur la tablette, ni foulard sur le siège. Elle est partie sans prendre la peine de l'avertir.

— Elle se sentait mal, un de ces sales virus, explique Thomas. Elle a dit que tu saurais mener la séance.

Pax soupire, désorienté. Tout semble soudain lui filer entre les doigts. Il y a moins de deux heures, Emi Shimizu l'embrassait de ses lèvres tendres, répandant dans son cœur ses ondes magnétiques et vibrantes. Elle se préoccupait de lui, se proposant même de repousser à plus tard la rencontre avec Alexis. Puis sa tasse de café a chuté, et l'on dirait que la tache a dévoré plus qu'un morceau de tissu. Elle est partie, sans un mot. Que doit-il comprendre ?

— Aucune importance, on n'a pas besoin d'elle, rétorque-t-il.

Il grimpe sur scène et lance une blague introductive. La salle applaudit, siffle, mais lui n'entend qu'une succession de gifles étourdissantes. Déjà, Thomas a pris la suite, tenant l'auditoire, tandis que Pax fixe le siège inoccupé d'Emi.

Lorsque la séance s'achève vers midi trente, un message laissé par Gaspard sur son téléphone le prévient que Sveberg souhaite tourner de nouvelles scènes avec McConaughey. En conséquence, la projection est remise à une date ultérieure. Ainsi son destin cinématographique se grippe-t-il à son tour ? Il n'en est même pas surpris. S'éclaire au contraire le fil ténu des Parques qui court d'Emi Shimizu à Matthew McConaughey via Alexis Winckler, pour finalement se nouer entre ses mains. C'est à cet instant précis qu'il prend la décision de rencontrer Alexis. Il est prêt, désormais. Il fera face à ses remords, assumera sa honte et tentera de se conduire avec dignité, en offrant ce qu'il peut au garçon à qui il a déjà tant pris. Alors, il pourra espérer sortir du labyrinthe.

Champ de coton

Après être descendue du train, Emi s'en va marcher dans le sous-bois glacé. L'air est vif, agaçant, percé par une pluie pénétrante. Elle ne s'en protège pas, rassemble en bouquet une poignée de feuilles mordorées, en observe les nuances, tente de s'y oublier, mais cela ne suffit pas – cela ne suffit plus jamais.

Plus tôt, alors que chacun prenait place dans la salle de formation, Jérôme Tellier s'est signalé en tapotant sur son épaule, l'obligeant à lever la tête. Son visage entaillé par les rides portait les stigmates des nuits blanches, du ressassement, des souvenirs éternellement revisités.

— Pardon de vous déranger, madame, j'aimerais savoir si vous avez eu accès aux derniers résultats de l'enquête. Y a-t-il eu de nouveaux éléments ?

— L'enquête a conclu à un accident, a répondu Emi en apnée. Un dramatique accident. Je suis heureuse de voir que vous vous êtes remis.

L'homme a soupiré.

— Merci madame. C'est bien de mettre en place des procédures supplémentaires. On a sûrement raté quelque chose.

La main pâle d'Emi laisse échapper les feuilles, sauf l'une d'elles, la plus large dont elle roule la tige molle entre ses doigts avec application, comme on tient un grigri. Les derniers mots de Tellier résonnent encore en elle. Les a-t-il choisis sciemment ? Elle était presque sûre qu'il insisterait, poserait d'autres questions, mais il est retourné s'asseoir à sa place sans demander si Christian P. s'était manifesté d'une quelconque façon avant l'accident, ni si elle avait un sentiment personnel sur l'affaire. Dans le cas contraire, qu'aurait-elle répondu ?

Emi a pris connaissance du mail de Christian P. environ deux semaines après ses obsèques, à la mi-septembre. Il lui avait été adressé l'avant-veille de l'accident, le 29 août précisément, tard dans la soirée, et s'était trouvé enterré parmi des dizaines d'autres dans sa boîte secondaire – la boîte principale étant réservée aux messages envoyés par sa hiérarchie. L'été touchait à sa fin, la rentrée occupait les esprits et les conversations, plongeant Emi

dans une peine insondable. Alexis refusait toutes
ses propositions de formations à distance et demeurait cloîtré dans sa chambre, les volets fermés. Où
qu'elle regarde, sur les panneaux publicitaires, dans
les journaux ou même dans les magasins envahis
par des grappes de jeunes gens excités, elle voyait
se déployer la joyeuse effervescence de la rentrée. Il fallait endurer ce contraste entre une ville
à la jeunesse vrombissante et son appartement, où
s'étiolait l'être qu'elle aimait le plus au monde. Par-
dessus tout, le psychiatre l'avait avertie récemment
en termes graves que le trouble anxio-dépressif
d'Alexis ne se résorbait pas malgré les nombreuses
séances de thérapie et qu'en conséquence, il néces-
siterait un nouveau traitement, plus lourd que le
précédent. Pour la première fois depuis l'agression
de son fils, elle a pensé qu'elle n'y arriverait pas,
qu'elle tomberait elle aussi, d'une manière ou d'une
autre. Chaque être confronté aux caprices du destin
se construit sa propre armure avec plus ou moins
de bonheur : Emi Shimizu avait bâti une digue invisible sur laquelle les événements se cognaient en
vain. Elle était là sans l'être, gérant l'indispensable,
dissimulée derrière le masque de sa beauté hiéra-
tique. Les informations la traversaient sans se fixer
– ainsi en avait-il été des inquiétudes de Jérôme
Tellier, aussitôt prononcées, aussitôt oubliées. Mais
l'accident de Christian P. était survenu telle une

vague scélérate chargée d'un cadavre, et avec lui, l'état de choc puis le réveil brutal, les yeux bordés de larmes, les couloirs devenus lugubres, le déferlement de communiqués, d'annonces, les comptes rendus médicaux aux termes effrayants, les formulaires à remplir.

C'est en cherchant un de ces banals courriers administratifs qu'elle a vu apparaître le mail de Christian P. Il était intitulé : « Si ça peut vous intéresser ». Quatre pages sans la moindre faute d'orthographe ou de frappe. L'homme y racontait en détail ce qu'il avait fourni à l'entreprise, son temps élastique pris sur celui de sa famille, ses compétences, son amour du travail bien fait, son abnégation assumée, puis ce que l'entreprise lui avait fourni en retour, la déception, l'humiliation, la rage. On l'avait poussé, écrivait-il, non en bas, mais hors de l'échelle, puisqu'on lui proposait des formations de chaudronnier, de couvreur, de forgeron ! À son âge, avec ses cervicales et ses lombaires foutues ! Puisqu'on lui désignait une voie qui ouvrirait sur un stage ouvrant lui-même sur le RSA, c'est-à-dire sur la pauvreté, la nécessité, la dépendance ! L'entreprise avait aspiré son énergie et à présent qu'il aurait eu besoin d'elle parce qu'il n'était plus en état de commencer une autre vie, d'aller s'échiner ailleurs, à présent qu'il était usé, épuisé, vidé, elle le rejetait en travestissant ses intentions, en prétendant qu'il était surqualifié, qu'il ne pourrait plus s'épanouir – comme on se débarrasse lâchement d'un conjoint que l'on a cessé d'aimer au prétexte qu'il est trop bien pour soi. Lors du rachat, dénonçait Christian P., le directeur général de Demeson, tel un empereur s'adressant à la plèbe, avait tenu un discours émaillé de références opportunistes au football dans lequel il était question de *l'aventure collective de l'entreprise, de leur bien commun,* citant pour terminer Alexandre Dumas, « un pour tous, tous pour un ». Mensonge. Personne n'était là pour lui aujourd'hui. Les collègues auraient dû trouver une manière de lutter ensemble, exiger que l'entreprise prenne soin des êtres qui l'avaient fait prospérer, comme des enfants doivent prendre soin de leurs parents âgés, mais ils étaient dominés par la peur. « Or madame, écrivait Christian P., j'ai conservé mon libre arbitre, c'est là que se trouve mon dernier pouvoir. Je refuse la pitié, le mensonge, l'escroquerie. L'entreprise souhaite me voir partir, effacer mon nom et mes trente années de bons et loyaux services ? Eh bien, vous n'êtes pas près de m'oublier, croyez-moi. »

Sa lecture achevée, elle est demeurée immobile face à son écran jusqu'en fin de journée. Quelques personnes sont entrées dans son bureau, elle a répondu aux questions : elle était là sans l'être. Peu à peu, les couloirs se sont vidés. Le soleil de septembre éclairait les murs vierges, révélant sa solitude. Ne lui restait que cette phrase plantée dans sa tempe, *vous n'êtes pas près de m'oublier*, et une digue rompue, laissant s'engouffrer le flot de ses interrogations. Elle a pensé qu'elle aimerait avoir huit ans et se réfugier sur la colline surplombant Takeno, elle a fermé les yeux et s'est accrochée à la main de son grand-père pour ne pas être balayée par la vague. Elle a hésité à jeter le mail dans la corbeille puis l'a finalement archivé dans un dossier au nom neutre. Elle est rentrée chez elle où l'attendait Alexis, songeant qu'elle devrait désormais vivre non seulement avec son fils mais aussi avec Christian P., avec la conscience des limites, de l'impuissance, de sa propre négligence, avec la morsure du doute, et elle s'est sentie submergée. Elle s'est couchée tôt, mais n'a pas réussi à trouver le sommeil. À 3 heures du matin, hagarde, elle a soudain compris que le soulagement était là, à portée de main. Elle n'avait jamais pris de drogue, très peu de médicaments, mais elle avait lu assez de livres et vu assez de films pour connaître les effets de la morphine. Elle s'était même inquiétée lorsque le médecin en avait prescrit à Alexis – celui-ci l'avait rassurée, dans son cas et respectant le dosage, la drogue calmerait les douleurs violentes sans le conduire plus loin. C'est vrai, avait-il ajouté, certains énergumènes s'amusent à ouvrir les gélules de Skenan et en écraser les billes pour se les mettre dans le nez, que voulez-vous, on ne peut pas être derrière le dos de chacun ! Parce que les douleurs d'Alexis variaient et qu'il fallait pouvoir y faire face en cas de pic imprévu, l'ordonnance prévoyait un nombre important de boîtes qu'il ne terminait jamais. C'est ainsi qu'Emi Shimizu, suivant les consignes trouvées sur des forums spécialisés, a appris à surfer la vague et repousser le flot des tourments. En l'espace de deux mois, la morphine est devenue son alliée, son oubli, sa survie.

Alexis est surpris de la voir rentrer si tôt. Elle invente qu'il y avait des travaux chez Demeson, qu'elle a préféré travailler au calme. Il sait qu'elle ment. À vivre confinés, ils ont appris à repérer l'un chez l'autre la plus petite oscillation. Il lui propose de boire un thé. Elle est touchée, c'est un effort pour lui, s'asseoir en pleine journée dans la cuisine en dehors du rituel des repas. Ils boivent en silence, elle essaie de fixer son attention sur les sensations, l'eau chaude sur ses lèvres, dans sa gorge, brûlant ses poumons. Elle pense au champ de coton dans lequel elle plongera tout à l'heure, où s'effaceront ses angoisses comme on efface une ardoise d'un coup d'éponge. Elle pense aux couleurs de l'automne.

— Maman. Maman !

Elle sursaute.

— On a sonné.

Elle se lève et va ouvrir, tandis qu'Alexis prend sa tasse et disparaît dans sa chambre.

Il n'y a personne : le livreur est déjà reparti, laissant sur le palier un bouquet de camélias blancs.

Sur la carte fixée d'une épingle aux branchages, il est écrit :

« *À dimanche si tu le veux bien, Pax.* »

750 Four

Ils se tiennent face à face, deux statues de
marbre. Pax a choisi un blouson de cuir noir, un
jean et un pull bleu foncé. Il a réfléchi longuement à sa tenue, comme si cela pouvait changer
quelque chose à la perception d'Alexis. La culpabilité l'égare : il enfilerait un costume sombre,
une chemise à fleurs ou une combinaison de ski,
qu'Alexis ne devinerait rien. Comment le pourrait-il ? Le garçon n'a qu'un seul criminel en tête,
celui qui l'a mutilé, détruit et court encore les
rues.

Pax est frappé par ses yeux vairons. Il s'attendait
à un visage défiguré quand l'anomalie lui confère
au contraire une singulière et douloureuse beauté,
en résonance avec celle de sa mère. Il se tourne
vers Emi, demeurée appuyée contre la bibliothèque, saisit l'extraordinaire espoir qui l'a envahie
et s'en trouve bouleversé, le souffle coupé.

Alexis parle le premier. Le garçon se tient légèrement penché vers l'arrière : la proximité d'autrui le met mal à l'aise.

— Maman m'a dit que vous étiez comédien ?

— J'ai tourné cette année avec Matthew McConaughey, répond Pax. J'admire beaucoup cet acteur.

De toutes les représentations qu'il a données, celle-ci est de loin la plus difficile. Son cœur cogne à tout rompre en dépit du bêta-bloquant avalé tout à l'heure. Il s'accroche aux détails, le T-shirt d'Alexis sur lequel est brodé *Alive*, ses mèches brunes en désordre, sa nuque. Voilà la ressemblance avec sa mère. La finesse de ses attaches. La courbe dessinée par ses épaules.

— C'est un film de Sveberg, *Don't*, explique-t-il. Matthew incarne un homme blessé en quête de vengeance. Je joue le rôle d'un barman qui devient son confident.

Un peu gêné par son exagération, il ajoute :

— C'est un petit rôle mais on a sympathisé assez vite.

Tout lui semble si fragile, une construction qui pourrait voler en éclats sur un mot mal choisi.

— Matthew m'a donné une leçon importante, poursuit Pax. Il m'a conseillé d'écouter ma rage. « *Rage is the one that makes stuff happen* », c'est ce qu'il a compris en tournant *Dallas Buyers Club*. Ron Woodroof a trouvé cette rage en lui.

Il travestit les faits : ce n'est pas à lui que McConaughey a confié cette réflexion mais au *Telegraph*, dans une interview accordée à l'occasion de la sortie du film. Pourtant Pax ne cherche pas à se grandir, mais à se connecter au garçon. La veille, il a noté cent références, des citations, des répliques de l'acteur, il a revu *Dallas Buyers Club* et cette fois le film l'a retourné parce qu'il avait en arrière-plan l'image d'Alexis – lorsque Woodroof apprend que sa vie est foutue, lorsqu'il pose le revolver sur sa tempe pour en finir puis lorsqu'il décide de se battre, lorsqu'il trouve un autre sens à son existence.

Alexis est un jeune homme brillant. Il sait que l'allusion lui est destinée. Après que sa mère lui a parlé de Pax, lui aussi a repensé au film. Il a contemplé l'affiche toujours scotchée sur son mur, sur laquelle McConaughey tient entre ses doigts la phrase « *Dare to live* ». L'idée fugitive l'a traversé qu'il pourrait y trouver l'énergie d'avancer, qu'il ne l'avait pas choisie par hasard, quatre ans plus tôt, mais encouragé par des forces protectrices anticipant la tragédie.

Des forces protectrices ? Il a pensé : pourquoi moi, pourquoi moi, pourquoi moi. Il a repoussé l'idée.

Mais voilà que Matthew McConaughey s'invite au travers de Pax Monnier et lui parle de rage, une rage qui ne rappelle en rien celle qu'il connaît et qui le ronge, une rage créatrice : la rage de vivre.

Emi a servi le thé sur la table basse. Pax en profite pour s'asseoir et reprendre son souffle, observer le profil d'Alexis, ce garçon qu'il a… Qu'il n'a pas. Qu'il aurait pu.

Il n'avait pas prévu cela : le choc de la réalité. S'il tendait la main, il sentirait cette peau, ce corps qui a souffert et souffre encore, ce corps ralenti, empêché. Il aimerait soudain se jeter à ses pieds, lui demander pardon de l'avoir abandonné. C'est impossible.

Il boit par petites gorgées, la cuillère tremble dans la tasse, pourquoi ne l'a-t-il pas laissée sur la soucoupe ? Il s'emplit des volutes aux effluves de riz grillé laissées par le thé, n'ose plus regarder ni la mère ni le fils tant il craint de se trahir.

— Matthew conseille aussi de ne pas nier ses peurs, de les dire à haute voix, reprend-il. Il affirme que de cette façon, on peut les surmonter.

— Vous avez peur ? demande Alexis. De quoi ?

— C'est compliqué, répond Pax.

Il soupire, ses traits se crispent.

— C'est compliqué de le dire à haute voix. Peut-être que je n'ai aucune chance de les surmonter, après tout.

Emi est contrariée. Comment peut-il être en train de parler de lui ? Elle comptait sur Pax pour distraire son fils de ses angoisses et au lieu de ça, il lui annexe les siennes. Elle se souvient de son malaise avant leur dernière réunion. Puis de leur première rencontre, de cette fissure qu'elle a repérée et qui les avait rapprochés, mais qui aujourd'hui l'inquiète. Elle prend les devants :

— Tu fais allusion au trac, n'est-ce pas, Pax ? La peur d'entrer en scène, de se confronter à la caméra ou à son public ?

Elle est si loin de la vérité.

— Je peux le comprendre, souffle Alexis. Il faut du courage pour être un autre.

Chaque mot prononcé dans cette pièce semble contenir dix interprétations, dix flèches qui vont s'enficher dans leurs cibles. Le silence s'installe. Pax voudrait rebondir, alléger l'atmosphère. Il éprouve le besoin de s'isoler. Se lève, prie Emi de lui indiquer les toilettes. C'est en refermant la porte qu'il découvre l'affiche de Gilda Texter et celle de Sonia Shimizu, flamboyantes sur leurs deux Honda rouges. Il est presque sonné par ces images inattendues et l'écho qu'elles renvoient – *Dallas Buyers Club*, la fille à moto du mois de février 1985 sur le calendrier de Ron Woodroof.

De retour dans le salon, il tient son sujet.

— On dirait que l'un d'entre vous aime la moto ?

— Mes grands-parents étaient concessionnaires, répond Alexis. La femme brune sur la photo, c'est Sonia, ma grand-mère. Sa 750, elle me l'a offerte pour mes dix-huit ans.

Il ne mentionne pas son père – qui a punaisé autrefois ces affiches mais se déplace maintenant en voiture électrique.

— Oh. Eh bien, c'est sûrement le plus beau cadeau qu'on puisse recevoir.

— C'était, rétorque le garçon. Disons : ça aurait pu l'être.

Alexis attrape un étui posé sur la table, en sort des lunettes fumées triangulaires, les pose sur son nez. Elles sont beaucoup trop larges pour lui, soulignent sa maigreur, ses pommettes taillées à la serpe.

Bien sûr, pense Pax. C'est Matthew : il ne lui manque que le chapeau texan.

— Alexis n'a pas son permis, reprend Emi. Il était prévu qu'il le passe une fois les concours terminés…

Son fils la coupe.

— Et pour finir, je n'ai passé ni les concours, ni le permis. La 750 rouille tranquillement dans son garage. Comme son propriétaire, en quelque sorte.

Pax ne relève pas l'amertume du propos. Il colle à son intuition, son objectif : trouver le point de jonction avec le garçon.

— Les pneus, ça devrait aller s'ils étaient en bon état. Il faudra penser à faire les vidanges avant de la redémarrer. L'essence, le circuit de refroidissement, l'huile. Il faudra changer le filtre à huile et vérifier les bougies, la batterie, les plaquettes, le liquide de freins. Nettoyer le filtre à air aussi. Une 750 Four, ça se traite avec respect.

Emi l'observe, sidérée. Les commentaires de Pax la ramènent au passé, l'atelier de mécanique, la fascination de son ex-mari, son excitation lorsqu'il découvrait les derniers modèles prêtés par ses parents, les cris de joie d'Alexis, petit garçon calé entre les cuisses fermes de Sonia – Emi craignait qu'il chute, se blesse, en voulait à sa mère qui se moquait d'elle gentiment, se flattant de n'avoir jamais connu en quarante ans le moindre incident à deux-roues.

— Tu possèdes une moto ? interroge-t-elle.

— Plus maintenant. On m'en a volé deux. La dernière, c'était une Virago noire, une 1 100. J'ai renoncé à en acheter une troisième. Mais je dois reconnaître que ça me manque, le bruit du moteur, la vitesse, la fulgurance.

Alexis sourit. Un bref instant, il vient de rejoindre Pax dans un royaume inaccessible aux autres.

— L'estomac qui valdingue, la percussion. Les vibrations qui transpercent le blouson, murmure-t-il.

— Voilà pourquoi le pilotage, dit Pax, plus pour lui-même que pour les autres. Voilà ce que tu recherchais : accélérer, tout laisser derrière toi. T'élever.

Il lui semble soudain qu'il déchiffre Alexis. L'origine de son désir. Ses aspirations. Le lac immense de son désespoir – ce dont il l'a privé. Et dans le même temps, il discerne la possibilité d'une autre voie. Peut-être échouera-t-il, se fracassera-t-il comme un nageur inexpérimenté qui s'élance d'un plongeoir et se brise à la surface de l'eau. On verra bien.

— Je pourrais la conduire. Je pourrais t'emmener rouler, si ta mère est d'accord.

— Je suis majeur, réplique Alexis, sans acquiescer ni refuser. Je fais ce que je veux.

— Il y a des routes dégagées près d'ici. Des routes qui traversent les champs et les bois, c'est le charme de la grande banlieue. On s'éloigne un peu de l'autoroute ou de la gare et on découvre que l'on est seul. Enfin, seuls à deux si tu grimpes derrière moi.

Alexis soulève ses lunettes, comme pour vérifier qu'il y voit clair. Il a le sentiment désagréable que quelque chose lui échappe. Il passe sa main dans ses cheveux pour se donner une contenance, guette la réaction de sa mère. Il sait exactement ce qui la préoccupe : il pourrait avoir un accident, perdre son œil valide ou n'importe quel autre membre – il pourrait même mourir pour de bon. Sa réclusion volontaire présente au moins cet avantage : Emi sait où se trouve son fils à toute heure du jour et de la nuit, en sécurité derrière une porte blindée. Elle sait aussi qu'Alexis finira par étouffer dans cet appartement. Ils le savent tous les deux. La musique qu'il compose et écoute sans répit achève peu à peu de l'arracher au réel. Alexis doit sortir d'une manière ou d'une autre, renouer avec l'extérieur, ou bien ce sera la fin.

La jeune femme hoche la tête dans ce mouvement gracieux qui n'appartient qu'à elle.

— C'est une idée, dit-elle.

D'une pierre deux coups

Le soir venu, chacun peine à s'endormir. Tous marchent sur une corde raide dont ils ne distinguent pas l'extrémité : sera-t-elle assez solide pour les guider au-delà du précipice ?

Emi songe à ses décisions passées : elle a fait le mauvais choix en poussant Alexis à prendre ce studio. Elle a créé les conditions du drame en croyant agir dans son intérêt, et voici qu'elle oriente à nouveau, quatorze mois plus tard, le cours de son destin. Si elle se trompait encore ? Des images et des sons l'assaillent, les étincelles du métal qui gémit tandis que la Honda se crashe, le bruit des corps bondissants traînés sur le bitume, les sirènes des pompiers, le pas pressé des urgentistes. Mauvaise mère. Maintenant, c'est un camion versé dans un fossé, l'odeur de la boue et du sang, les sanglots d'une veuve ou d'une orpheline. Mauvaise personne. Elle lutte pour reprendre le contrôle. Sa main se tend vers le tiroir de la table de chevet, là où se trouve la plaquette de Skenan, renonce. Elle pense à Pax, à McConaughey : dire ses peurs à voix haute, vraiment ? La jeune femme quitte son lit, se place face au miroir encadré de bois sombre, ouvre la bouche : c'est plus difficile qu'elle ne l'imaginait. Elle balance entre le ridicule et l'angoisse, humidifie ses lèvres, réussit enfin à articuler :

— Ce n'est pas une prémonition, c'est de la culpabilité. Pax ne prendra aucun risque, il n'y aura pas de crash. PAS de crash.

Dans l'obscurité de sa chambre, fébrile et épuisé de s'être retourné cent fois dans ses draps, Alexis se lève, s'assied à son bureau. Le casque sur les oreilles, il pianote sur son clavier et ajoute des basses nerveuses et organiques au morceau qu'il écrit dans l'urgence. Ce qu'il ressent au plus profond de son ventre le bouscule. Il doit admettre qu'il a oublié l'espace de quelques minutes son œil mort, son exil forcé en lui-même. Ce Pax Monnier a réveillé une sensation qu'il croyait perdue à jamais. Cela devrait être agréable mais au contraire, il a mal. Il se souvient que ce monde qu'il a fui lui procurait autrefois des joies indicibles. A-t-il ouvert le passage à un cheval de Troie ? Il s'interroge sur les véritables intentions de Pax, sur la place que celui-ci compte occuper dans l'entité jusque-là exclusive formée avec sa mère. Se raisonne. Le salut d'Emi l'emporte sur tout le reste. C'est pour elle qu'il a accepté d'accompagner Pax à moto. Si elle aime cet homme, alors il doit tenter de lui faire confiance. Pourtant, il n'est plus certain d'en être capable. C'est à un effort colossal qu'il consent, aller au-dehors, suivre un étranger. A-t-il été trop ambitieux ? Il est pris de vertiges, halète, transpire. Ses doigts dérapent sur les touches – mais l'extraordinaire, c'est ce son qu'ils produisent, un son unique et splendide qui s'accorde aux pulsations de son cœur et forme soudain la séquence la plus intense, la plus folle, la plus créative qu'il ait jamais obtenue.

Étendu sur son lit, harassé, Pax pleure. Il relâche la pression. Il a su éviter les mensonges, se contenir, mais il s'en est fallu de peu pour qu'il craque. Leur entrevue a pourtant duré moins d'une heure. Qu'adviendra-t-il s'il consacre un après-midi entier au garçon ? Il est inquiet, mais sans regret. À la seconde où il a vu Alexis, il a su qu'il ferait l'impossible pour lui redonner goût à la vie. Non parce qu'il s'agit du fils d'Emi (quoique cela soit évidemment un motif), ni même parce qu'il a l'âge d'être son propre enfant (l'image de Cassandre n'a cessé de le traverser tout le long de la rencontre) mais pour ce qu'Alexis a montré de lui-même, un être complexe, profond et singulier, à la fois lucide et confus, attachant et charismatique. La douleur et la honte de Pax, ravivées, entraînent sa pensée sur des chemins glissants : se sentirait-il moins concerné si le garçon était plus vieux, moins beau ? S'il ne possédait pas ces yeux vairons mais un bec-de-lièvre, s'il se passionnait pour un de ces antihéros simplets de la téléréalité, plutôt que pour Ron Woodroof et Matthew McConaughey ? Il entrevoit une autre forme de lâcheté, celle qui consiste à ajuster son empathie *à la tête du client.* Quel con, pense-t-il. Je réussis à me faire seul un procès d'intention : rien ne prouve que j'aurais agi autrement si Alexis avait été moins intéressant. Il avale un somnifère pour couper court à ses ruminations, mais lorsqu'il s'enfonce enfin dans le sommeil, la question du garçon revient lui trotter dans la tête et s'imprime dans ses rêves : de quoi a-t-il peur, au fait ? D'échouer à lui venir en aide ou plutôt à trouver sa rédemption ? D'être démasqué ? De perdre l'amour d'Emi ?

Il ne perdra rien, pour le moment tout au moins. Au matin, Emi Shimizu se réveille plus légère. La nuit a eu raison de ses angoisses. Elle écrit un message ému à Pax pour le remercier de s'être montré si juste dans son rapport à Alexis. Ils savent qu'ils seront séparés quelques jours : Pax doit s'absenter, il tourne dans la région de Nice ce téléfilm prévu depuis l'été.

Cette séparation agit comme un catalyseur. Pax refuse les dîners proposés par l'équipe et profite de ses soirées à l'hôtel pour étudier le manuel d'entretien de la 750 Four. Il aurait pu confier la moto à un garagiste mais d'instinct, il a choisi d'effectuer les travaux lui-même. Il écrit des SMS et des mails à Emi plusieurs fois par jour – elle l'a prévenu qu'elle déteste les longues conversations téléphoniques. Il poste des cartes postales, ce qui ne lui était plus arrivé depuis Sara. Il cherche des images de végétation, de fleurs, mais la plupart sont laides, éclairées d'un soleil artificiel ou médiocre quand ici, la lumière est splendide. Il décide de se lever à l'aube, photographie les oliviers, les pins d'Alep, les premiers mimosas, lui envoie ses clichés avant de se mettre au travail. Son ambition se précise : il veut la rendre heureuse. Il l'a vue sourire, mais rire, jamais. Il veut entendre son rire. Cela passera par Alexis, forcément. D'une pierre deux coups. Son esprit s'emballe, il n'a pas la moindre conscience du versant cynique de son plan – offrir à la femme qu'il aime la réparation du fils qu'il a contribué à détruire. Il est sincère. Croire que rien n'est définitif, que toute faute peut être corrigée est indispensable à sa survie. S'il en est convaincu, cela se produira, c'est la pensée magique ! Il téléphone à sa fille pour reporter leur prochain tête-à-tête – la remise en état de la Honda est devenue prioritaire – et saisit l'occasion de lui parler enfin d'Emi et Alexis. C'est un fleuve tumultueux qui se déverse dans l'oreillette de Cassandre éberluée. Pax décrit la beauté d'Emi, sa grâce, sa présence, il raconte Alexis, *ce garçon agressé l'an dernier, laissé pour mort, tu te souviens Cassandre ? C'était juste avant ces terribles attaques à Marseille et Las Vegas.* Cassandre ne l'interrompt pas. Elle est bouleversée : elle se souvient, bien sûr, elle n'avait pu s'empêcher à l'époque de se projeter, cette violence gratuite l'avait révoltée et terrifiée, cela signifiait que n'importe qui pouvait mourir sous les coups d'un autre, sans raison ou peut-être pour vingt euros mais qu'est-ce que cela changeait ? L'agression avait eu lieu en plein Paris, en pleine journée, pas dans une de ces cités où des jeunes de son âge se flinguaient quotidiennement pour un regard ou une barrette de shit, une de ces cités que les chaînes d'infos qualifiaient de zones de non-droit et qui lui paraissaient une autre planète, presque autant que les zones de guerre du Moyen-Orient. Elle avait été prise de panique : la violence était-elle en train de se répandre comme un virus sans antidote traversant le boulevard périphérique ? Sa peur possédait l'odeur fétide de la honte. Elle s'était subitement vue telle qu'elle était, une fille blanche, privilégiée, qui vivait dans la légèreté comme si les règlements de comptes, la misère, l'inculture, le désespoir, les diverses formes d'oppression qui régnaient à quelques kilomètres ne la concernaient pas. L'assassinat des deux jeunes filles la semaine suivante par un fou se réclamant de Daech avait renforcé ce sentiment de vulnérabilité, mais elle n'en avait parlé à personne, elle avait serré les dents en priant pour que tout rentre dans l'ordre et que son malaise se dissipe. Elle s'était concentrée sur ses études et sur son père qui donnait des signes d'une agitation anormale et elle avait réussi, elle était revenue à la vie, sa vie de jeune fille blanche privilégiée, tout comme elle était parvenue à le faire deux ans plus tôt après la série d'attentats dans la capitale. Le visage d'Alexis, elle l'a encore en mémoire, ses yeux verts, ses mèches brunes et désordonnées en une des journaux. Elle mitraille son père de questions : a-t-il conservé des séquelles physiques ? L'enquête est-elle close ? Elle aimerait entendre que cette agression n'est plus pour lui qu'un horrible souvenir dont il se servira – *ce qui ne te tue pas te rend plus fort* est devenu la prière universelle –, mais non, la détrompe Pax, rien n'est résolu ni guéri. Elle s'emplit d'admiration en apprenant son projet : remettre en selle le garçon à tous les sens du terme. Elle le croyait obnubilé par sa carrière, elle découvre son père chevaleresque et généreux. Tout juste semble-t-il vaguement contrarié par le retard de production de *Don't*, quand quelques semaines plus tôt, il parlait du film de Sveberg comme d'une question de vie ou de mort. Elle savoure l'entendre aussi déterminé, engagé. À la fin de la conversation, elle conclut, *je suis fière de toi papa.*

À son retour à Paris, Pax trouve sur son palier la combinaison de mécanicien et les outils qu'il a commandés au début de la semaine. Il a convenu avec Emi qu'il se rendrait directement au box situé derrière l'immeuble, dans le prolongement du parking extérieur. Sans surprise, Alexis ne viendra pas : il attendra que la moto soit prête. C'est un samedi particulièrement frais, Emi se tient devant le garage ouvert, une apparition. Elle est emmitouflée dans son manteau de laine épaisse sur lequel elle a noué avec art une écharpe. Elle porte des gants gris et un simple chapeau de feutre noir qui souligne son profil, effleurant à peine la barrette qui retient son chignon. Comment fait-elle pour être aussi élégante sans jamais avoir l'air empesée ou en deuil ? se demande Pax. Ils ne se sont pas revus depuis sa visite à Alexis et ne prononcent pas un mot. Elle se jette dans ses bras, il la soulève, les voici dans cette pièce qu'occupent la moto sous sa housse, mais aussi une vieille Civic offerte autrefois en cadeau de mariage, un vélo d'enfant rouillé et quelques cartons, des affaires de Christophe qu'il n'a jamais récupérées, empilées et protégées avec soin par des couvertures de déménagement. Pax enveloppe Emi, la couvre de baisers, défait d'une main le haut de sa combinaison, de l'autre le manteau de la jeune femme, ses gants, sa robe – son chapeau est tombé, elle ne le ramasse pas. Il l'étreint et l'adore de toutes les manières possibles et elle le lui rend bien : dès qu'elle a aperçu sa silhouette sur l'asphalte glacé du parking, elle a su elle aussi combien ce corps lui avait manqué. Tout se confond et s'embrase, sexe, cœur, raison, consumant leurs ultimes doutes et lorsqu'ils se redressent à moitié nus (il n'y a plus de chignon mais des cheveux noirs emmêlés, des peaux collantes, des ventres rassasiés, des traces de poussière sur les nuques et les épaules), il leur faut un certain temps pour s'apercevoir qu'ils frissonnent de froid et non de plaisir. Elle se rhabille, tire sur sa robe, se coiffe. Quatre ou cinq gestes brefs, elle possède à nouveau cette beauté gracieuse et aérienne presque surnaturelle.

Elle sourit, tend les clés du box à Pax :

— Préviens-moi quand tu auras terminé.

La moto est en excellent état – c'était la préférée de Sonia, elle l'a entretenue avec amour jusqu'à l'offrir à son petit-fils. Elle démarre au quart de tour et deux heures suffisent à la préparer, mais les journées sont courtes en automne : déjà, l'obscurité s'abat sur les rues, les bâtiments, repoussant au lendemain la sortie en compagnie d'Alexis. Cela arrange Pax : il doit s'assurer qu'il maîtrise parfaitement l'engin. Il a conduit des deux-roues pendant plus de vingt ans, certains d'entre eux bien plus puissants que celui-ci, mais il n'était pas soumis à cette pression, cette responsabilité. Cet enjeu. Si Alexis se sent mal, s'il a peur, s'il perd confiance, alors tout pourrait être fichu.

Il se change, enfile son blouson et son casque, enfourche la Honda, sort du parking et roule jusqu'au rond-point avant de s'élancer sur une route étroite étudiée la veille sur Google Map. Elle longe d'abord une forêt puis la voie ferrée qui relie la grande banlieue à la capitale. Bientôt, un train surgit, le rattrape. Pax accélère, cale sa vitesse sur la sienne de sorte qu'ils semblent s'escorter. Il n'y a aucun feu sur cette portion de départementale, aucun croisement. Le vacarme du train couvre celui de la moto. Dans la lumière déclinante, c'est une course sans témoin, sans objet et sans règle qui se déroule.

L'œil rivé sur l'horizon, flottant entre ciel et terre, Pax hurle à pleins poumons, *Rage is the one that makes stuff happen.*

Fendre la forêt et la plaine

Ce qui se produit, Alexis ne pouvait l'imaginer.

Lorsque sa mère l'a prévenu, la veille, que Pax viendrait vers 13 h 30 pour l'emmener à moto, il a pensé qu'il n'était pas prêt – qu'il ne le serait jamais. Il aurait aimé que sa mère le devine (elle l'a deviné mais n'a rien laissé paraître), qu'elle intervienne, annule leur rendez-vous. Elle s'est contentée de lui souhaiter une bonne nuit. Le cœur battant, il a guetté les bruits de l'extérieur en espérant de la pluie, une tempête, mais au matin, les routes étaient sèches et la cime des arbres immobile. À présent, il descend l'escalier avec lenteur, cherchant en vain un prétexte pour remonter à l'appartement et éviter l'obstacle.

Pax patiente devant la porte vitrée de l'immeuble. Alexis est équipé d'un casque en titane réputé pour absorber les chocs, d'une paire de gants et d'un blouson de cuir noir, tous offerts

173

par Sonia avec la Honda. Il ne les a portés qu'une seule fois, le jour de ses dix-huit ans : sa flamboyante grand-mère l'avait emmené faire le tour de la résidence. Il n'a guère profité du moment : malgré son excellent dossier et sa mention très bien, il était toujours sur liste d'attente pour intégrer la classe préparatoire d'un lycée réputé. De cette journée supposée heureuse et détendue, il garde un atroce sentiment d'angoisse : serait-il accepté ? Il n'avait alors qu'un but et pour l'atteindre, il endurerait tous les sacrifices, mais combien étaient dans son cas ? Le lycée retenait d'abord les meilleurs, c'est-à-dire les élèves qui avaient obtenu les meilleurs résultats académiques, or de cette espèce, il y en avait encore assez pour remplir dix classes. Comment s'effectuerait l'ultime sélection ? La direction du lycée ne rencontrait pas les candidats. Un comité lisait les dossiers et jugeait de la personnalité, du potentiel de chacun en s'appuyant sur des lettres de motivation rédigées la plupart du temps par des parents issus d'un même cercle, des mêmes écoles ou par des coachs chèrement payés, générant un recrutement consanguin et parfois déroutant. Ni Emi ni Christophe ne possédaient les bonnes cartes : Alexis avait écrit seul sa lettre, avec sincérité mais une certaine maladresse qui lui avait valu d'être relégué trop loin dans le classement pour obtenir une place d'emblée. Bénéficiant d'un désistement de dernière minute, il avait reçu une réponse positive à la fin du mois d'août, après avoir passé son été à travailler, le ventre noué, sur des textes et des exercices rébarbatifs. Il se revoit tombant à genoux, serrant le précieux courrier contre sa poitrine, remerciant le ciel qui lui accordait cette faveur – ignorant qu'en fait il l'envoyait en enfer.

Ce souvenir pénible lui saute à la figure et avec lui, le gâchis, l'iniquité du monde. Pourquoi tenterait-il de recoller les morceaux d'un vase qui ne contiendra jamais que du vide ? Il est sur le point de renoncer lorsqu'il lève la tête et aperçoit sa mère. Elle l'observe derrière la fenêtre avec une expression tendre d'encouragement.

— Allons-y, lance Pax.

Le garçon grimpe à l'arrière sans aucune conviction. Il est prévu que la balade soit courte, une demi-heure au plus. L'heure est propice à l'expérience : les voisins sont occupés par le déjeuner dominical et les allées sont désertes. Déjà, la moto s'engage sur la petite route près de la forêt, où ne roulent çà et là qu'une poignée de voitures. Alexis contracte les cuisses, s'accroche à Pax qui accélère. Il fixe le bitume, soupire pour lui-même que ce sera bientôt fini. Il ne s'attend à rien, surtout pas à ce soleil froid qui l'inonde ou à cet air qui s'engouffre le long de sa nuque, s'infiltre, s'enroule, l'envahit, le réveille comme un coup de clairon. Il vacille. « Tout va bien ? » lui crie Pax – mais sa voix s'est noyée dans le tumulte des quatre cylindres. Alexis entoure sa taille de ses bras, ferme les yeux de toutes ses forces, son esprit lutte mais il est submergé par une onde bienfaisante : l'enfant en lui renaît de la vitesse, s'ébroue et se redresse, grandit, offre crânement au vent le haut de son torse, soulève sa visière – et pour la première fois depuis l'agression, aspire à vivre.

Ils ont parcouru une boucle de trente-cinq kilomètres.

— Alors ? interroge Pax, éteignant le moteur.

— Je ne sais pas, répond Alexis, étourdi.

Ce qu'il ressent est indicible.

Tandis que Pax ramène la moto au garage, il remonte à l'appartement, défait avec précaution son harnachement, essuie son front et ses joues tigrées de traces sombres, replace ses cheveux maltraités par le casque. À sa mère qui le regarde avec tant d'amour, il aimerait confier que la terre a tremblé, mais là encore, les mots lui manquent. Peu importe : Emi n'a nul besoin d'explications. À ses gestes, à son regard, elle sait qu'il a frôlé la liberté et l'espoir.

Elle prend son blouson, le met sur un cintre de bois.

— Pax reviendra dimanche prochain, sourit-elle.

— Pourquoi pas, répond-il.

Le dimanche suivant, le garçon est debout à l'aube. Cette fois, il a plu et le sol est jonché de feuilles ocre luisantes d'humidité. Il ne s'en réjouit pas. Il scrute le ciel chargé qui s'éclaircit trop lentement, craint que sa mère ne juge les conditions dangereuses. Lorsqu'il l'entend parler à Pax au téléphone et comprend que les plans sont maintenus, un soulagement l'étreint, aussi puissant qu'intime. À 13 h 30, le moteur vrombit. Pax le prévient d'emblée : par prudence, il roulera moins longtemps. Alexis masque sa déception, grimpe sur la Honda. Le bassin ancré sur le siège, il se penche vers l'arrière pour donner plus de prise au vent sans perdre de stabilité. Il descend la fermeture de son blouson, écarte les bras en croix et s'abandonne aux pulsations dans une extase mystique.

Lui apparaît soudain la raison de cet extraordinaire bien-être : il est dehors et pourtant hors d'atteinte.

Tant qu'il est à moto, l'agresseur peut toujours courir, il ne le rattrapera pas.

Tant qu'il est en mouvement, personne ne peut lui nuire.

C'est l'impensable qui se produit : Alexis veut rouler, encore et encore.

Rouler jusqu'à la ville voisine sans ralentir ni s'arrêter, rouler et s'approcher en douce comme un blessé aimanté par les lueurs du champ de bataille, s'éloigner, fendre la forêt et la plaine.

Une fois de plus, il n'expliquera rien : ni à Pax, ni à sa mère. Il retourne en silence dans sa chambre, la peau et l'âme fouettées au sang. Il enterre ses émotions comme un trésor qui pourrait s'évanouir, disparaître d'un coup – il ne connaît que trop l'instabilité des êtres et des événements.

Emi s'en accommode. Le cadeau est déjà si grand. Les cernes de son fils ont diminué. Il dort mieux. Il a plus d'appétit – elle aussi. Elle prévoit d'autres sorties, remplit avec soin le calendrier fixé au mur de la cuisine sur lequel n'apparaissaient plus que des rendez-vous médicaux. Elle recherche sur Internet des sites proposant la météo à long terme, prie pour que l'hiver soit clément, vérifie que Pax se rendra disponible. Il promet qu'il s'arrangera, qu'il trouvera du temps avec Cassandre en dehors des week-ends.

— Ou bien, un de ces jours, nous pourrions nous voir tous ensemble, suggère Emi.

Pax y a déjà pensé. Il en a envie, comme on a envie, naturellement, de réunir les gens qui comptent dans une existence. De surcroît, cela pourrait consolider un édifice bâti sur un trompe-l'œil. Ainsi en va-t-il des rumeurs, plus on additionne les voix qui les chuchotent, plus le faux devient vrai. On complète le décor, on soigne la façade, si bien que l'origine de l'histoire finit par disparaître et qu'il devient impossible de revenir en arrière. Au fond, observe Pax, le plus tôt sera le mieux : dès que la relation à Alexis sera stabilisée, il organisera un déjeuner.

Le mois de décembre a débuté lorsqu'ils effectuent leur troisième promenade. Noël est à l'ordre du jour, des guirlandes lumineuses fleurissent sur les balcons, rappelant à Alexis le cours inexorable des choses. Avant d'enfourcher la moto, le garçon supplie Pax d'aller plus vite, plus loin. Pax est surpris mais il accepte : ce jour-là, il en éprouve lui-même le besoin impérieux – accélérer jusqu'à dissiper les ultimes mirages. La Honda file à travers la campagne gelée, balance à gauche, à droite, berce Alexis d'ivresse.

Tête renversée, paupières closes, le garçon se livre à la jouissance qui le harponne. Il murmure, je suis vivant, vivant, vivant.

Le privilège du morphinomane

Lorsque sa secrétaire lui a signalé qu'Emi Shimizu demandait à le voir en urgence, Langlois a imaginé le pire. Il a répondu qu'il la recevrait le jour même. À plusieurs reprises, alors qu'il écoutait les patients précédents, son esprit a divagué, émettant des suppositions. La situation d'Alexis s'était-elle aggravée, entraînant sa mère par ricochet ? Emi avait-elle fini par céder au découragement et à la tristesse ? Il a souvent constaté qu'à la suite d'un deuil ou de toute autre forme de tragédie, la chute est à retardement. Juste après le drame, la victime est entourée, médicamentée, elle semble tenir bon, mais peu à peu son entourage s'efface et elle s'effondre dans l'indifférence.

À aucun moment, Langlois n'a envisagé qu'Emi se porte mieux – et plus tard, en y repensant, il a mesuré combien il était devenu pessimiste, cela tenait en partie à son activité, il voyait essentiellement des gens égarés, dépressifs, malheureux mais c'était aussi ce mouvement profond qu'il avait décelé voici des mois, cette violence qui continuait de se ramifier, mutait, se démultipliait, le minait, les agressions homophobes, racistes, sexistes, sexuelles, antisémites, les agressions sans objet ou pour un motif futile, les scandales sanitaires ou financiers, ce spectre des extrêmes qui avançait partout en Europe, en religion comme en politique, et désormais ce bouillonnement désespéré des *gilets jaunes* qui embrasait le pays.

Langlois se trompait. Emi Shimizu sourit en pénétrant dans son bureau. Sa démarche est plus souple, son regard plus clair. Elle est venue lui dire qu'il avait raison de lui promettre des jours meilleurs : une rencontre, un homme, a tout changé. Elle raconte la connexion immédiate entre eux puis entre Pax et Alexis, McConaughey, la Honda, les premiers signes d'une résurrection inespérée et confirmée par le psychiatre de son fils qui a révisé son pronostic et renoncé à alourdir son traitement. Langlois est songeur. Il sait que l'évidence permet parfois de brûler les étapes, mais décréter ainsi l'âme sœur en quelques semaines, après un aussi long tunnel, lui paraît déraisonnable. Il aimerait sacrément faire la connaissance de cet être exceptionnel (le qualificatif s'écrit dans sa tête entouré de guillemets jaloux et ironiques).

— Je suis très heureux pour vous, madame Shimizu, mais il n'était pas nécessaire de consulter en urgence.

— J'ai besoin de votre aide, réplique la jeune femme. De la vôtre ou de celle d'un spécialiste. Je prends de la morphine depuis bientôt trois mois. C'est assez récent, je suppose, pour m'en détacher, même si je dois en souffrir.

Langlois est stupéfait, ébranlé. Il n'a rien vu venir, rien deviné. Ses pensées vont immédiatement à Boulgakov, qu'il tient pour un maître.

— Les cartes sont rebattues, poursuit Emi. Et je vois bien que la morphine m'enfonce autant qu'elle me soutient. Je suis parvenue à ce point où elle pourrait prendre le contrôle.

— Il est fort regrettable que je l'apprenne aujourd'hui, laisse échapper Langlois.

Il lui en veut. Il saisit soudain qu'elle ne lui montre, depuis l'origine, qu'un fragment d'elle-même. À quoi sert-il, si elle n'est pas honnête avec lui ? Certains de ses confrères la mettraient dehors sur-le-champ. Il en est incapable. Son ressentiment s'est déjà transformé en inquiétude. Bien sûr qu'il va l'aider. Il n'a pas l'intention d'assister à la destruction d'Emi Shimizu – pas au moment où l'espoir revient. Il consulte son répertoire, griffonne les coordonnées d'un addictologue sur un post-it qu'il lui remet.

Emi le remercie, se lève pour prendre congé.

— Ce n'est pas que je refuse de vous parler de certaines choses, lui dit-elle, c'est que je ne sais pas comment faire.

C'est la vérité. Elle sait construire les forteresses, les barrages, les digues, mais ignore comment libérer les trop-pleins.

Aussitôt sa patiente repartie, Langlois cherche dans sa bibliothèque son exemplaire de *Morphine* et cette phrase en particulier, dont il avait oublié les termes précis, qui l'avait fasciné lors de sa lecture : « Le morphinomane jouit d'un privilège que personne ne peut lui ôter : sa capacité à vivre dans une complète solitude. Or la solitude, ce sont des pensées importantes, pleines de sens, c'est la contemplation, le calme, la sagesse. »

La description le frappe : on croirait lire le portrait d'Emi Shimizu. Ainsi est-elle allée puiser dans l'opiacé une substance qu'elle ne parvenait plus, sans doute, à produire par elle-même.

Voilà qu'à présent, elle en voit et redoute les dangers.

Elle ne veut plus de ce « privilège », comprend Langlois. Emi Shimizu ne désire plus vivre dans sa complète solitude et c'est cet homme, ce Pax Monnier, qui l'a permis. Pourvu, songe-t-il, qu'elle conserve sa sagesse et son calme.

Chien de guerre

L'hiver s'annonce. Là où d'autres verraient une menace, Emi Shimizu ne voit que la beauté. Chaque matin, elle tire l'épais double-rideau qui obscurcit sa chambre et observe le ciel changeant, les arbres nus, le vol des oiseaux, la modification des ombres. Elle trouve dans ce tableau une compensation à se réveiller seule dans son lit : il est encore trop tôt pour laisser Alexis la nuit et encore plus pour imposer un homme à la maison.

Le cycle des formations dispensées chez Demeson par Théa & Cie s'est achevé. Pax et Emi coordonnent leur emploi du temps, il la rejoint au déjeuner ou bien en fin d'après-midi. Ils dînent deux ou trois fois par semaine ensemble, tôt – le train qu'elle emprunte pour rentrer chez elle est réputé dangereux au-delà d'une certaine heure. Ils parlent peu mais ne craignent pas le silence. Ils passent de longs moments allongés l'un près de l'autre, elle baignant dans la gratitude et lui dans l'éblouissement, chacun s'étonnant de leur amour, de la tournure qu'a prise leur vie. Parfois, une information, une image, un son renvoient Pax au souvenir du 23 septembre 2017, mais il a appris à couper court, repousser l'invasion, cloisonner. Il s'est forgé un discours intérieur efficace et protecteur : il n'est pas l'agresseur d'Alexis. Il aurait pu sauver son œil, c'est vrai, mais les véritables dégâts, le retrait du monde, la terreur insidieuse et larvée, c'est un autre qui en est responsable. Pax commence à croire Emi, lorsqu'elle lui affirme qu'il a sorti son fils de la gueule du monstre, qu'il est un type formidable. A-t-il un autre choix ?

Alexis donne des signes de vie, littéralement. Il se rend dans la chambre de sa mère et affronte le miroir. Il ne pleure plus de rage face à ses yeux vairons, il les examine, s'évertue à s'approprier leur étrangeté. Il coupe ses cheveux – quelques centimètres, de quoi faciliter le port du casque. Il réclame à son kinésithérapeute des exercices supplémentaires : il veut muscler ses jambes, ses bras, son dos. Il n'a dit à personne ce qu'il a en tête parce qu'il doute lui-même que ce soit bien réel : pour la première fois depuis l'agression, il a un projet. Il obtiendra son permis moto. Il s'est renseigné sur Internet, un œil devrait suffire. Il conduira la Honda – sa Honda. En attendant ce jour, il continue de s'enivrer derrière Pax. Ses préventions tombent peu à peu, se transforment. Il doit admettre que cet homme s'intéresse sincèrement à lui et à sa mère. Ce qui le frappe, c'est que Pax est l'exact opposé de son père. Il ne lui montre pas un improbable avenir pétri de cours de tennis ou de vacances en club tout compris. Il ne lui sert pas ces discours exaspérants et réprobateurs qui débutent toujours par « il faut » : « il faut te secouer », « il faut avancer », « il faut être fort ». Il ne formule aucun conseil et encore moins des injonctions. Il apporte ses DVD et après leurs balades, ils regardent des films de McConaughey jusqu'à la tombée de la nuit, discutent du sens, de l'interprétation, de la bande originale.

Il leur arrive de rire ensemble. Il leur arrive de se taper dans la main.

Alexis l'ignore mais il se prépare à briser d'un coup sa cuirasse devenue encombrante.

Cela se produit un vendredi après-midi, alors que Pax franchit le seuil de l'appartement. Son téléphone sonne, c'est Cassandre, il a oublié de déplacer leur rendez-vous et elle l'attend devant chez lui depuis un quart d'heure.

— Je suis vraiment désolé, s'excuse-t-il. Je viens à peine d'arriver chez Emi. On pourrait remettre ça à demain ?

— Ou bien, l'interrompt Alexis, Cassandre pourrait nous rejoindre. Le temps de son trajet, on sortirait la moto. Maman a préparé des *mochis*.

Le garçon est le premier étonné de sa proposition : il n'a plus échangé avec un être humain de moins de quarante ans depuis bientôt quinze mois. C'était sa décision et il a manœuvré en conséquence. Pourtant cette fois, c'est différent. Il éprouve l'envie de rencontrer quelqu'un de son âge. Il en éprouve un désir physique, quelque part entre le ventre et les poumons, comme on éprouve l'envie de retrouver le soleil du printemps à l'issue de l'hiver. Voilà pourquoi il saisit l'occasion. Rencontrer Cassandre est un moindre risque. Il n'aura pas à se frotter à son passé comme cela aurait été le cas avec ses copains de classe. La jeune fille ne lui renverra aucun reflet, aucune mémoire. Et s'il a surestimé ses capacités, s'il se sent mal à l'aise, désemparé, s'il doit affronter des questions auxquelles il ne peut pas répondre, il pourra se réfugier dans sa chambre.

Rencontrer Cassandre aujourd'hui, c'est tester la possibilité d'établir un pont avec l'ancien monde.

— Alors ? Qu'en dit-elle ? interroge Emi, frémissante, après que Pax a reposé son téléphone.

— Elle vient, bien sûr, répond Pax.

Il est un peu anxieux : Cassandre est un volcan jamais loin de l'éruption. Elle n'a que vingt-quatre ans, cet âge où l'on est persuadé d'avoir tout compris, où l'on se fiche de commettre des erreurs parce que l'on est convaincu qu'il y a toujours un moyen de recommencer à zéro. Il prévient Emi et Alexis : sa fille dit ce qu'elle pense, parfois un peu trop vite.

— Ça me va très bien, rétorque Alexis. Dépêchons-nous d'aller faire un tour avant qu'elle arrive.

Les fêtes sont imminentes. Il y a foule sur les routes – les retardataires profitent des dimanches ouvrés pour terminer leurs achats de cadeaux.

Ils roulent depuis une dizaine de minutes lorsque la moto se trouve encadrée par deux voitures qui s'apprêtent à bifurquer en direction d'un centre commercial. Dans l'une d'elles, un homme d'une trentaine d'années dévisage Alexis. Pax n'y prête aucune attention. Ce n'est qu'un homme ordinaire qui hésite à offrir un bijou ou un parfum à sa sœur, dont le regard a croisé par hasard la trajectoire des yeux hétérochromes d'Alexis.

Mais cela, le garçon n'en sait rien.

La peur est déjà là, sous-jacente, prête à lui sauter à la gorge comme un chien de guerre.

Il tire l'épaule de Pax de sa main droite, manquant de les faire verser.

— J'ai froid, bégaie-t-il. Rentrons maintenant.

Woman Worldwide

Plus tard, Pax repensera à ce moment comme à l'alerte qui précède un tsunami. Une simple vaguelette, laissant aussitôt place à une mer plate et lointaine, mouchetée de soleil.

Cassandre était la mer plate et mouchetée de soleil.

La jeune fille serre la main d'Emi – elle la trouve plus belle encore qu'en photo et la douceur qui émane d'elle la conquiert, la rassure sur le choix de son père. Elle embrasse Alexis sur les deux joues, ce que personne n'a pu faire depuis l'agression, et il lui rend son baiser sans même savoir pourquoi, sous les yeux effarés et heureux de sa mère. Elle s'assied sans attendre qu'on l'y invite mais sa gaieté l'excuse – elle est spontanée, volubile, résolue à soutenir à son tour le garçon frappé par la tragédie.

Les parents prétextent la préparation du thé et des mochis pour laisser leurs enfants discuter. Ils s'éclipsent dans la cuisine.

Cassandre a sa petite idée. Pax lui a raconté qu'Alexis passe le plus clair de ses journées à composer : la musique sera sa voie d'accès, elle adore ça. Accompagnée d'Ingrid, elle assiste à des festivals aux quatre coins de l'Europe et danse des nuits entières. Elle se promène du matin au soir avec un casque sur les oreilles, consacre des heures à rechercher des pépites, des nouveautés sur le Net. Cela devrait alimenter la conversation et les rapprocher : Alexis se tient peut-être informé des sorties mais rien ne remplace le murmure qui court dans les salles de concert, les couloirs des facs et des écoles, les bars où on se retrouve pour un verre entre amis. Voilà ce qu'elle lui offrira : un accès à la vie, au dehors. Elle se considère en mission et dès les premiers échanges, cela se révèle agréable : le garçon n'est pas bavard mais il possède un charme et une profondeur qui permettent à Cassandre d'oublier momentanément l'horreur qu'il a vécue.

— Qu'est-ce que tu écoutes en ce moment ? le questionne-t-elle.

Alexis la regarde intrigué, comme on contemple un tableau en méditant à ses multiples interprétations.

— J'ai la tête dans *Woman Worldwide* de Justice, poursuit la jeune fille. Rien à faire pour m'en débarrasser.

Et elle se met à chantonner. Ce n'est pas prémédité : elle répète ces paroles du matin au soir ces jours-ci, dans le métro, le bus, en préparant son sac ou en s'habillant. Les voilà qui reviennent presque malgré elle, « *By the laws of attraction, And the rules of the game, There's a chemical reaction, Between pleasure and pain…* »

— « *Use imagination As a destination Use imagination As a destination And come closer, Forever*[1]. »

Alexis a repris le refrain avec elle.

Ils s'interrompent, réglés sur le même métronome, aussi surpris l'un que l'autre de leur duo improvisé. Justice ! Elle réalise soudain qu'elle aurait pu trouver un groupe au nom plus approprié – mais sûrement pas un texte plus opportun.

Sur le seuil de la pièce, Emi et Pax, chargés l'une d'une assiette de gâteaux, l'autre du service à thé et d'une bouteille de soda, n'osent plus bouger.

---

1. « D'après les lois de l'attraction, Et les règles du jeu, Il y a une réaction chimique, Entre plaisir et souffrance, Utilise l'imagination Comme destination, Utilise l'imagination Comme destination Et viens plus près, Pour toujours » (Justice, « Pleasure », *Woman Worldwide*, 2018).

— J'aime beaucoup ce morceau, lâche Alexis. Il faut croire qu'on a des goûts en commun.

— Eh bien voyons ça, réplique-t-elle en sortant son téléphone de son sac à main.

Elle lui tend ses oreillettes, fait défiler la musique.

Alexis se détend. Il est conscient, bien sûr, qu'il est plus facile d'être serein à l'abri de cet appartement sécurisé, dans cet îlot que constitue la résidence, plutôt qu'à califourchon sur la Honda, épié par un inconnu. Mais cette sensation précise d'être au bon endroit, à sa juste place, il l'avait oubliée : il n'est même plus certain de l'avoir connue. Son doigt bat la mesure sur l'accoudoir du canapé.

— À toi de jouer, le défie Cassandre. Tu composes, c'est bien ça ? Tu me ferais écouter un titre ?

Il compose, oui. Sans but et sans attente. Il trouve dans la musique un sanctuaire. Il y dépose sa colère, son incompréhension, ses hallucinations. Il y vole et s'y déploie – et jamais, jusqu'à ce jour, n'avait envisagé d'y laisser pénétrer qui que ce soit.

Cependant il hoche la tête, se lève et conduit Cassandre dans sa chambre. Elle s'imprègne de son univers : le parfum de l'obscurité, McConaughey et l'affiche « *Dare to live* », les Ray Ban aux verres fumés à côté du lit, le jean et le T-shirt en boule sur le parquet, la platine, les étagères de vinyles, l'ordinateur, le clavier. Elle cherche par réflexe des feuilles perforées, un manuel, un agenda ou une calculatrice qui traîneraient sur la table, mais il n'y a plus aucune trace de l'étudiant qu'il fut – et ce constat lui fait mal, il la renvoie à l'arbitraire et à la cruauté du destin, dans sa chambre à elle, il y a des piles de journaux et de livres de cours, un planning punaisé sur le mur, des C.V., des brouillons de lettres de candidature pour un MBA à l'étranger.

Elle connaît Alexis depuis une heure à peine et déjà, elle a envie de l'embrasser comme une sœur.

Alexis lui indique le siège.

— Assieds-toi.

Il effectue quelques réglages et enfonce la touche Play. Cassandre s'est préparée à exagérer, sinon mentir. Elle va aimer ce qu'il produit, forcément : s'intéresser, apprécier son travail pour lui prouver qu'il existe. Elle s'attend à un recyclage d'influences, un morceau probablement déprimant, mais auquel elle trouvera de réelles qualités. Au lieu de ça, c'est un son neuf qui s'élève, un son massif et lumineux, une ligne de basse qui l'embarque et l'électrise. Elle écarquille les yeux. Mais d'où sort ce garçon, pense-t-elle ? D'où sortent ces rythmes, ces boucles, ces nappes, ces chœurs extraterrestres ?

Elle ôte le casque, transfigurée.

— Tu ne peux pas garder ça pour toi. C'est tellement bien ! La musique, ça doit circuler. Laisse-moi m'en charger.

Alexis est pris au dépourvu. Il n'a jamais évalué son travail, il n'a jamais pensé « c'est bon » ou « c'est mauvais ». La musique est un fluide vital qui le traverse, le nourrit, le soulage au même titre que l'air ou le sang.

— Tu es un artiste, insiste-t-elle. Ton morceau ferait danser les morts !

Elle a cet instinct de lui forcer la main. C'est sa botte secrète : Cassandre s'autorise tout. Elle se fout d'échouer, mais regretter, ça non.

— Je ne veux voir personne, lâche Alexis, vaincu. Personne.

— Ça ne sera pas nécessaire.

Rentrée à Paris, elle envoie le morceau à un de ses amis qui gère une des principales chaînes musicales sur YouTube et possède un compte sur SoundCloud.

La première semaine, le titre obtient 100 000 vues. La deuxième, il approchera les 180 000.

La trêve de Noël commence.

Joyeux Noël

Cette année, Alexis a dû accepter de passer le réveillon chez son père. Il ne l'a vu que six ou huit fois en l'espace d'un an et après chacune de ses visites, Christophe est reparti excédé par le peu d'intérêt manifesté par son fils à l'égard de son petit frère (il se contentait de regarder les photos sans faire aucun commentaire et Dieu sait pourtant qu'il était adorable, curieux, amusant, ce petit). Mais cette fois, croit-il, ce sera différent : Alexis se rendra chez lui, sur son terrain. Christophe a débarrassé son bureau et y a installé un lit pour que son fils aîné puisse avoir son intimité. Il constatera combien cette famille est chaleureuse : ici, on ne vit pas recueilli dans les parfums d'encens, la maison ne ressemble pas à un temple écrasant et silencieux. On est joyeux, il y a un sapin couvert de boules multicolores et de guirlandes dorées, du givre artificiel sur les fenêtres, de grandes chaussettes rouges et blanches tricotées et vendues au profit d'une œuvre de charité, une moquette beige épaisse et accueillante.

À l'apéritif, Christophe lève sa coupe de champagne, lance un clin d'œil à Pauline, sa femme.

— Aux propositions qui ne se refusent pas !

Alexis le regarde, dubitatif.

— Voilà notre cadeau, reprend Christophe. Pauline et moi, nous allons développer le cabinet. Nous aurons besoin de renfort pour la partie administrative, les plans de financement et on a pensé que tu pourrais nous rejoindre.

— En télétravail pour commencer si tu préfères, ajoute Pauline. Mais avec un vrai salaire.

— Il est temps d'aller de l'avant. Tu vas beaucoup mieux et il n'y a rien de plus à faire pour ton œil, n'est-ce pas ? Rester enfermé chez ta mère t'empoisonne à petit feu, fiston (ô comme Alexis déteste qu'il emploie ce terme !). Quinze mois de trou noir, c'est assez long, me semble-t-il. Cette agression était horrible, elle a fichu tes projets en l'air, mais tu as des tripes, merde ! Tu as de la volonté, tu l'as assez prouvé dans cette classe de dingues quand il fallait bosser jour et nuit ! Alors sers-t'en, fiston. Ce n'est pas la vie que tu avais prévue, mais tu en feras quelque chose de bien.

Alexis est perplexe : son père essaie-t-il de l'aider ou agit-il par esprit de revanche, pour rappeler à son ex-femme qu'il est toujours dans le jeu ? En vérité, il est de bonne foi. La naissance de son deuxième garçon a rappelé à Christophe ses devoirs et ses engagements. Il veut prouver à Pauline qu'il est un parent fiable – et se le prouver à lui-même. À aucun moment cependant, il ne s'est posé les bonnes questions. Il n'a pas cherché à pénétrer le cœur d'Alexis. Il l'a interrogé sur la vie sentimentale d'Emi (et il a été stupéfait d'apprendre l'existence de Pax), mais sur son état intérieur, ses désirs, ses douleurs, ses frustrations : rien.

Christophe applique à son fils sa propre vision des événements. Il fait semblant de ne pas voir ce qui les sépare. Il se comporte comme si le passé ne comptait plus.

— Merci papa, mais l'immobilier, ça ne m'intéresse pas.

— Ah bon. Et qu'est-ce qui t'intéresse ? réplique Christophe. Moi, je ne pratique pas la langue de bois, fiston. Je te parle d'avenir. De métier. D'être un adulte indépendant. Tu en sais plus sur la consolidation de ton dossier, l'indemnisation, ton taux d'invalidité ? Tu devrais toucher une belle somme, c'est normal, tu en as bavé ! Au moins, ton handicap t'octroie certains avantages, certains droits. Les charges réduites à l'embauche, les allocations…

— Je vais essayer de passer le permis moto l'été prochain.

Christophe se tourne vers Pauline, secoue la tête comme pour s'excuser d'avoir un fils aussi peu réaliste.

— Le permis moto ? Tu crois que c'est raisonnable dans ta situation ?

Alexis est consterné. Il a formulé un projet et un calendrier, c'est un effort considérable. Il s'attendait à une réaction enthousiaste et encourageante. Mon père ne comprend rien, vraiment rien, pense-t-il. Et la sensation de ses bras collés autour du torse de Pax, à l'arrière de la Honda, vient le percuter comme une évidence.

— Rien n'est sûr, de toute façon. Je peux changer d'avis, ment-il.

— Eh bien, espérons-le. Et réfléchis à notre proposition !

Le dîner, des huîtres et un foie gras poêlé auquel Alexis touche à peine, s'achève tôt. Chacun est fatigué – le petit frère a pour habitude de réveiller la maison à l'aube –, et un autre repas, plus festif encore, les attend le lendemain. Alexis dort mal cette nuit-là. Le matelas est confortable, Pauline a choisi de jolis draps gris en coton souple, une serviette de bain large et moelleuse, mais Alexis ne voit que le reste du décor, la collection des trophées de tennis (et de golf, une nouveauté)

remportés par son père et disposés sur deux étagères, les dossiers cartonnés portant les noms des
résidences qu'il commercialise (« Les Charmes »,
« Les Chênes », « Les Peupliers », et il imagine le
paragraphe dans le cahier des charges, stipulant
de planter deux peupliers à l'entrée des bâtiments
pour justifier du nom), les photos de famille devant
la longère bordée d'hortensias bleus, Pauline,
Christophe, le petit frère : une famille qui n'est pas
la sienne.

Les cris perçants de l'enfant le tirent d'un état
nébuleux : il est presque midi. Ses articulations
sont douloureuses, il se sent oppressé malgré des
respirations lentes et profondes. Il est impatient
que la journée s'achève, impatient de retrouver sa
chambre, son ordinateur, son clavier et son casque.
Il s'habille à la hâte, se rend dans la cuisine où
Pauline s'affaire, surveillant la cuisson de la dinde.
Il ne passe pas par la salle à manger, sans quoi il
aurait remarqué, sur la table déjà dressée, un couvert supplémentaire.

— Où est papa ?

— Il fait les courses, il sera de retour d'une
minute à l'autre avec du pain frais et le gâteau.
Prends un café, je vais changer et habiller ton frère,
on le mettra dans la chaise haute : tu verras, il
adore être à table avec nous.

Son ton est léger. Elle dissimule à la perfection son appréhension. Elle a discuté longuement avec Christophe, ils étaient en désaccord sur ce déjeuner mais elle s'est rangée à son avis, c'est lui le père, et puis elle connaît si peu ce garçon.

Alexis s'assied dans le salon. Le téléviseur est allumé, diffusant un documentaire qu'il ne regarde pas. Il boit son café d'une traite. La porte d'entrée s'ouvre au moment où il repose sa tasse, laissant apparaître un inconnu barbu. Vêtu d'un sweat-shirt noir dont il a relevé la capuche, l'homme tient une bouteille de vin.

— Ah te voilà enfin, dit-il, l'air entendu. Depuis le temps.

Le reste se déroule en quatre ou cinq secondes. Alexis bondit de son siège, tout ce qu'il a appris ou compris a disparu, sa logique se fractionne, son esprit se couvre d'un voile confus de panique et d'urgence. Il saisit un des clubs de golf exposés dans le présentoir de bois précieux et frappe en visant la tête de toute sa puissance (par chance, il n'en a guère), de toute sa rage, crachant un son rauque et glaçant.

L'homme a tenté d'esquiver, mais le club l'a atteint à l'épaule et il a lâché la bouteille, brisée net sur l'angle d'un meuble bas. Le vin se répand sur la moquette beige, formant une flaque violacée. Il recule, horrifié.

— Espèce de malade !

Alexis tremble de tout son corps. Les murs semblent tourner autour de lui, l'air a quitté la pièce, vidant ses poumons. Il lève le bras pour asséner un autre coup – mais s'asphyxie et s'effondre sur le canapé.

Christophe est figé sur le seuil. Il porte un carton à gâteau et deux baguettes de pain. Pauline est accourue, elle pleure, serrant dans ses bras le petit qui hurle, contaminé par la tension qui émane de ses parents – et surtout de son oncle, dont la clavicule est fracturée.

— C'est mon frère, Alexis. C'est mon frère Benoît.

Cette journée de Noël, Christophe s'en souviendra longtemps. Pauline lui en reparlera des années durant, c'est couru : elle a insisté pour qu'il prévienne Alexis de la présence de Benoît, il a préféré jouer la surprise, voilà le résultat. Il reste persuadé qu'Alexis aurait refusé qu'un invité se joigne à eux si on lui avait laissé le choix. Il a cru plus intelligent de mettre son fils devant le fait accompli. C'était la bonne stratégie – aller de l'avant. Sa véritable erreur, admet-il, c'est d'avoir demandé à Benoît d'ouvrir la porte à sa place parce qu'il en avait plein les bras. Il a surestimé les capacités, l'état de son fils.

Alors qu'il raccompagne Alexis chez sa mère, il serre les dents et il pense, Benoît a raison, mon fils est un grand malade, un dingo. Il éprouve un mélange de pitié et d'agacement. Alexis manque de volonté, de niaque, putain, quinze mois c'est assez pour se remettre, non ?

Christophe oublie qu'à son âge, de la volonté, il n'en avait guère. Il oublie que son plus grand traumatisme, c'est une promenade en montgolfière à l'âge de dix ans – il a dû s'allonger sur le sol pour ne plus voir le vide. Jamais il ne s'est trouvé en danger et ses souffrances physiques se résument à ses passages chez le dentiste et une entorse de la cheville, lors d'une descente à ski. Cela ne l'empêche pas de juger la douleur de son fils, de la rogner, d'arrondir les détails de sa tragédie.

Emi les attend devant l'immeuble, bouleversée. Il la prend à part.

— C'est grave, là. Tu te rends compte que Benoît pourrait porter plainte contre ton fils ? Que fout son psychiatre, merde ? Franchement, ça me dépasse. Quand on pense qu'en plus, il ne se souvient de rien !

— Il sait ce qu'il a vécu. Il a cette conscience aiguë imprimée dans sa chair, que seules les victimes possèdent. Il a paniqué, c'est un accident, Christophe. Tu peux l'entendre ?

— Ce que j'entends, c'est que tu le couves trop. Il faut se jeter à l'eau pour constater qu'on ne coule pas.

— Peut-être, répond Emi, tandis qu'il reprend le volant. Merci pour tout et joyeux Noël.

L'inversion du monde

À présent qu'elle sait Alexis dans sa chambre, Emi enfile son manteau, lace ses chaussures montantes et court vers la forêt. Le tapis de feuilles pourries s'enfonce sous ses pas. Elle ramasse des éclats d'écorces brunes, les effrite du doigt, lève les yeux vers la canopée en quête de réconfort, mais n'y trouve qu'un entrelacs de branchages dégarnis et hostiles. Une peur humide, inconnue, la colonise. Elle ajuste son écharpe, rebrousse chemin, téléphone à Pax. Il est sur répondeur. Il a éteint son portable sur la suggestion de Cassandre, avec qui il passe la journée en tête à tête. Sa fille vient de lui annoncer une nouvelle assez extraordinaire : une maison de disques s'intéresse à Alexis. Combien de jeunes gens rêvent d'attirer l'attention d'un label ?

Au moment où Emi ploie sous son propre désarroi, Cassandre déroule l'avenir probable du garçon face à Pax éberlué – il se rend sur

YouTube uniquement pour voir des bandes-annonces de films, ignore ce que signifient 100 000 ou 200 000 vues, les revenus publicitaires, l'exposition, l'influence. Alexis recevra un contrat, une avance pour acheter du matériel supplémentaire et produire un album. C'est une autre vie qui se dessine, pas un miracle, mais le résultat d'un travail exigeant combiné au talent.

Pax contemple sa fille. Elle l'impressionne par sa vitesse de pensée, sa détermination. Si son plan fonctionne, c'est une porte immense qui s'ouvrira pour Alexis, une issue par le haut qui ne lui rendra pas son œil, mais la possibilité de ressentir à nouveau l'exaltation et la fierté. Cela n'annulera pas les faits, la lâcheté et la honte, mais ce serait pour Pax un soulagement indescriptible. L'image d'Alexis heureux et détendu le traverse.

— Il est doué, papa. Il se croyait destiné à piloter mais ça aurait été du gâchis. En créant, en composant, il ira bien plus loin, bien plus haut qu'aux commandes d'un avion.

Elle a vu juste. Alexis a trouvé dans la musique une liberté dont il ne soupçonnait pas la puissance. Il y a déposé le corps qui flambe, les battements du cœur à 128 bpm, les suffocations, l'inversion du monde, les divagations gazeuses, la terreur, l'euphorie opiacée. Voilà d'où viennent ce souffle, ces mélodies, ces rythmiques incandescentes. Lorsqu'il pose son casque sur ses oreilles, Alexis dompte son enfer.

— C'est magnifique, Cassandre. Mais ce garçon sort à peine de chez lui et tu parles de tournée ?

— Papa, sois positif. Il progresse vite ! Et c'est grâce à toi !

— À moi ?

— La moto, papa ! Il a repris contact avec l'extérieur et ce n'est que le début. Rassure-toi : la tournée, on n'y est pas encore. C'est une perspective lointaine. C'est justement ça la clé : la perspective, l'objectif. Tu sais mieux que personne ce que ça représente, non ? Pense à Sveberg !

Pax déboche un sourire triste.

— Il n'y a plus de Sveberg, Cassandre, plus de film. Il a coupé mon rôle au montage.

— Oh, papa.

— Ça n'a plus d'importance. C'est arrivé aux meilleurs, non ?

— Il y a un an, tu en parlais comme si c'était une question de vie ou de mort.

Lorsque Pax a écouté les explications embarrassées de Gaspard voilà deux ou trois semaines, ce n'est pas à sa carrière mais à Alexis qu'il a pensé. Aux vies fantasmées et au béton armé de la réalité. A-t-il eu mal ? Un peu, oui. Moins qu'il ne l'aurait cru. Il a hésité à interpréter son éviction comme une sanction méritée ou un gâchis lamentable.

Le lendemain, c'était un dimanche, il avait rendez-vous avec le garçon pour une balade à moto. Il se souvient d'avoir laissé ses rêves filer et se dissoudre sur l'asphalte glacé.

— Certains événements modifient nos priorités. À propos, as-tu prévenu Alexis de ce contrat ?

— Je lui ai envoyé un mail mais il ne m'a pas répondu. Je suppose qu'il fête Noël en famille.

— Je vais appeler Emi, répond Pax en allumant son téléphone. Elle sera tellement heureuse d'apprendre ça.

Sur son écran déverrouillé, s'affichent six appels manqués et la notification d'un message sur son répondeur.

— Je crois qu'elle est déjà au courant, sourit-il en lançant l'écoute. Mais aussitôt, il s'assombrit.

« J'ai besoin de toi, Pax. J'ai besoin de toi. »

La vague

Jusqu'à ce jour, jamais Emi Shimizu n'a prononcé ces mots-là. Jamais elle n'a compté sur autrui pour lui venir en aide lorsqu'elle se sentait vaciller. Elle n'a pas consulté Langlois par choix mais parce qu'elle devait suivre les recommandations de l'hôpital et elle ne lui a rien confié d'essentiel. Elle a appris très tôt à bâtir seule les murs qui la protégeraient, ayant constaté sans amertume que ses parents, ses amis ou Christophe autrefois l'aimaient sans la comprendre. Les années lui ont donné raison jusqu'à aujourd'hui, jusqu'à ce tsunami que rien, pas même la morphine, ne pourrait endiguer. La vague la surplombe, se prépare à les engloutir, elle et son fils, et c'est alors qu'elle pense à Pax.

Lui revient ce qu'il a déjà accompli pour eux deux. La force éclatante de leur amour. Elle a besoin de lui – ou bien elle disparaîtra dans la vague.

— Je suis là, bien sûr, je le serai toujours, la rassure-t-il au téléphone.

— J'arrive, répond-elle.

Elle glisse un mot sous la porte d'Alexis pour
l'avertir qu'elle s'absente quelques heures et file
chercher la vieille Honda Civic au garage : ce soir,
il est hors de question qu'elle dépende d'un train
de banlieue. Pax prie Cassandre de le laisser, il
n'explique rien, sa fille a compris qu'il est soucieux
et s'éclipse avec délicatesse.

Il attend et les minutes lui semblent des siècles.

Enfin, la voici. Elle se jette dans ses bras. Ils
demeurent enlacés, sans un mot, elle submergée
par l'angoisse et l'émotion, lui par l'inquiétude,
puis les phrases surgissent et se déversent, racon-
tant la violence d'Alexis, son regard indéchiffrable
lorsqu'il s'est enfermé dans sa chambre, ce retour
en arrière quand Emi croyait qu'ils s'en sortaient
enfin. Quelle bêtise : qui mieux qu'elle sait que
l'on ne se libère jamais du piège de l'incertitude ?

C'est là leur malédiction. L'impossibilité de
connaître la vérité. C'est ce qui les tue : savoir que
cette vérité existe, mais qu'ils n'y ont pas accès.

— J'étais persuadé qu'il allait mieux, murmure
Pax, abasourdi. Les indicateurs étaient au beau
fixe, il comptait passer le permis moto ! Et la
musique ! Ton fils a du talent, Emi. Cassandre m'a

appris tout à l'heure qu'il était repéré par une maison de disques.

— Tout cela n'est qu'une vaste illusion. Alexis ne guérira jamais et moi non plus. Voilà ce que j'ai compris cet après-midi. Mon fils vivra avec cette sauvagerie imprimée en lui, cette peur irrationnelle de l'autre, une menace qui planera où qu'il soit.

Pax la serre contre sa poitrine. Le corps d'Emi est souple – il lui semble rempli de larmes.

— Vous surmonterez ça, Emi. Le temps permet de tout surmonter.

— Le temps… C'est une légende, rétorque-t-elle. On se croit hors d'atteinte et puis on dégringole. Je dégringole, Pax. Je ne suis pas aussi solide que je l'imaginais et mon fils est brisé. Tu sais le pire ? L'agresseur est peut-être déjà sous les verrous. Avec un peu de chance de notre côté, tout aurait été différent. Alexis aurait pu vivre tranquille.

— De quoi parles-tu ?

— Un homme a été arrêté, voilà quelques mois. Il avait agressé un autre garçon chez lui, il l'a battu à mort. Même absence de mobile, même cadre, même arme, un poing américain peu courant. Cette fois la police a mené une investigation approfondie – il y avait une victime décédée. Ils ont trouvé des empreintes. Il est en maison d'arrêt et attend son procès.

L'air se raréfie autour de Pax. Il se lève, ouvre la fenêtre en dépit du froid.

— Les enquêteurs ont fait le lien avec notre affaire. Tout concorde, absolument tout. Mais Alexis ne se souvient de rien, il n'y a pas de témoin, aucune trace, alors on en est restés là. Avec l'incertitude vissée à l'estomac.

Elle se retourne, Pax est penché au-dessus du garde-corps.

— Pax ?

Il se redresse, chancelant, la rejoint sur le divan.

— Viens ici, murmure-t-il, viens dans mes bras, la vie n'est pas juste, c'est vrai.

Elle enfouit son visage au creux de son épaule et aussitôt, le souffle de la consolation se répand dans son cœur.

La chance de sa vie

Tout explose en Pax, entre en collision, chairs, cellules, organes, pensées. Il lui semble que ses yeux cherchent à quitter leur orbite – sans doute refusent-ils de revoir cette image qu'il conserve du 23 septembre 2017 : un dos massif, une veste en cuir marron, des cheveux blonds assez courts et un crâne marqué d'une calvitie plutôt laide, une sorte de demi-cercle à la base de la nuque.

La vague le surplombe, prête à s'abattre et le noyer. Il la contemple, qui contient ses mensonges, ses regrets, ses erreurs.

D'autres trouveraient le ressort de fuir. En est-il capable ? Le veut-il au moins ?

Pax tient peut-être le destin d'Alexis entre ses mains. Jusqu'ici, parler n'aurait rien apporté – hormis servir la vérité. Mais le probable coupable a été arrêté et son deuxième crime est prouvé. S'il s'agit d'un type blond, dégarni, large d'épaules, il pourrait être confondu par son témoignage. Encore Pax doit-il s'en assurer – mais cela déjà, c'est appuyer sur le bouton, c'est déclencher la mise à feu de sa propre vie.

Dans sa main, il tient la carte portant le numéro de l'officier de police qui l'a reçu voilà plus de quinze mois. Les coins sont pliés, sales, elle est demeurée tout ce temps dans son portefeuille. Il revoit sa moue désabusée lorsque l'homme l'a reconduit jusqu'à l'ascenseur, « on vit dans un immense asile de fous, mon pauvre monsieur ».

Tout en lui tremble et se déchaîne. S'il parle, si cette image enracinée dans sa mémoire relie le suspect à l'agression, ce sera la fin de l'incertitude, la fin du cauchemar d'Alexis : le garçon connaîtra le nom de son agresseur, le saura hors d'état de nuire. Il ne guettera plus les ombres, les mouvements, les bruits de pas dans le hall de l'immeuble. Il renouera avec l'espoir et Emi avec la paix. Mais la contrepartie est terrifiante.

Avant de parvenir à cette conclusion, il a longuement réfléchi : comment réagirait-il si les rôles étaient inversés ? Il s'est fondu dans la peau d'Emi, d'Alexis, de Cassandre : il n'a ressenti qu'indignation, horreur et dégoût.

Il en est convaincu : tous le verront tel qu'il est vraiment : lâche, menteur, égoïste.

Le choix de se taire le traverse. Il liste les arguments :

– Il n'a pas vu le visage de l'agresseur et, sans être flic ou avocat, il devine que cela risque de disqualifier son témoignage.

– Même si cela n'est pas acté par la justice, les similitudes dans le mode opératoire incriminent ce monstre. Puisqu'il est déjà derrière les barreaux, Alexis est en sécurité, c'est bien là l'essentiel.

– Quand bien même l'incertitude sur l'agresseur serait levée, le garçon guérirait-il comme s'en est persuadée Emi ? Pax en doute. L'agression a amputé Alexis au sens propre et au sens figuré. Il vivra désormais avec la conscience que la violence dans ce monde peut surgir sans raison.

– Pax perdra ceux qu'il aime, il les perdra pour toujours, il les perdra, il les perdra, il les perdra.

Il les perdra.

Une nausée le soulève.

Cette sensation, filant sur la moto, des bras du garçon autour de son torse. Son regard éclairé.

Les baisers d'Emi, ses cheveux dénoués sur sa nuque, sa poésie et son courage.

Le sourire de Cassandre, ses mots tendres, *je suis fière de toi, papa.*

Non, pense Pax. Je ne peux pas ajouter ce mensonge aux précédents. Je pourrais expliquer comment j'en suis arrivé à baisser les yeux ce 23 septembre, il y avait la pression de Sveberg, *Don't*, la chance de ma vie, mais aujourd'hui, il n'y a plus d'excuse, plus de rôle à obtenir, plus de place à conquérir. Il y a seulement deux poids dans la balance, d'un côté la vérité brute, l'honneur et la chute, de l'autre le confort, la honte et la trahison.

Que vaudront la douceur et l'amour d'Emi, la confiance d'Alexis, l'admiration de Cassandre, s'ils sont usurpés ?

Que vaudra son existence et que vaudra-t-il, lui ?

Sur son identité

« Nous trouvant au service […] poursuivant l'enquête […] entendons la personne ci-dessous dénommée qui nous déclare :

– Sur son identité : "Je me nomme Émile Moreau, nom d'usage Pax Monnier né le […] demeurant à […]."

– Sur les faits : "[…] Le samedi 23 septembre 2017 je me trouvais chez moi entre 16 h 25 et 16 h 35. Je peux confirmer cet horaire avec précision car j'étais attendu à l'hôtel Lutetia à 17 heures pour rencontrer Peter Sveberg et j'avais minuté mon itinéraire depuis le bureau où je travaillais et que j'ai quitté à 16 heures, jusque chez moi, où je voulais me changer, puis jusqu'au Lutetia. J'ai entendu des bruits suspects dans l'appartement du deuxième étage mais j'étais submergé par le stress, je ne voulais pas être en retard, je me suis persuadé que ce n'était rien de grave et je suis sorti. C'est là que j'ai vu un homme de dos dévaler l'escalier et quitter l'immeuble. Il était grand avec des épaules très larges et il portait une veste de cuir marron. Il était blond avec des cheveux assez courts et une calvitie nette au bas de la nuque, en forme de demi-cercle, je me souviens de ce détail parce qu'en général on perd plutôt les cheveux au sommet ou à l'arrière du crâne. Lorsque j'ai été convoqué pour témoigner le lundi 25 septembre 2017, je pensais qu'avoir vu un homme de dos ne permettrait pas d'identifier le coupable, je craignais aussi de me tromper et d'incriminer un innocent et je ne voulais pas avoir de problèmes, j'avais peur qu'on me reproche de ne pas être intervenu, j'ai paniqué. C'est pour ça que j'ai déclaré que j'étais passé chez moi à 16 heures à l'officier de police, pour être tranquille. Par la suite, j'ai appris que l'enquête n'avait pas abouti car il n'y avait aucune preuve matérielle suffisante et que la victime souffrait d'amnésie. Cela m'a convaincu que j'avais pris la bonne décision et que mon témoignage n'aurait rien changé.

"Je reviens vers vous aujourd'hui car j'ai su qu'un suspect avait été appréhendé après un crime dont le mode opératoire rappelle fortement celui qui a été observé lors de l'agression d'Alexis Winckler. Je l'ai appris de la bouche de la mère de la victime, dont j'ai été amené à faire la connaissance dans le cadre de mon activité professionnelle. J'ai pensé que si ma description correspondait à cet homme, il pourrait être mis en cause dans l'agression d'Alexis Winckler. J'ai des remords de ne pas être intervenu au moment où j'ai entendu ce vacarme." »

— Ce n'est pas une calvitie, murmure l'officier de police. C'est une pelade. C'est lui, ça ne fait aucun doute.

Save me from eternity

La trahison est-elle moins douloureuse lors-qu'elle est partagée ?

Pax en a fait le pari. Il a demandé à Cassandre de l'accompagner chez Emi en prétextant qu'il était nécessaire d'entourer Alexis après l'inci-dent chez son père. À présent qu'ils sont réunis, il les contemple un par un. Il contemple ce trésor qui disparaîtra dans quelques instants : il est un homme impuissant devant sa maison en feu.

Emi porte une robe bleue mélangée de laine et de soie, un chignon traversé d'une barrette de bois laqué, sa fine chaîne en or, des chaus-sures à bride. Elle a souligné ses yeux d'un trait de crayon brun et poudré ses joues de rose pâle pour donner le change, masquer sa fatigue et sa lassitude. Elle sert le thé dans des bols de por-celaine blanche, se force à sourire, guette les expressions de son fils – il a accepté de quitter sa chambre lorsqu'elle a annoncé la visite de Pax et Cassandre, alors qu'il n'en était pas sorti depuis trois jours.

Emi ignore que la vérité se tient là, juste à côté d'elle : bientôt, son fils sera libéré des entraves de l'incertitude et reconsidérera son avenir. Tout comme elle, au-delà de la douleur aiguë qu'elle éprouvera et apprendra à soigner. Dans quelques heures, elle rédigera sa lettre de démission. Elle prendra rendez-vous la semaine prochaine avec le responsable des RH et lui expliquera qu'elle ne se sentait plus à sa place chez Demeson. Il se montrera sincèrement navré et répondra qu'elle a fait de l'excellent boulot, surtout depuis l'accident avec cette formation par le théâtre. Elle suggérera que l'on cesse d'utiliser des initiales dans les mémos concernant la mort de Christian Perraud et que l'on revoie la politique d'accompagnement des salariés vers la retraite (et elle saura au hochement de tête poli de son interlocuteur qu'il ne tiendra pas compte de son avis). Lors de son départ, elle transmettra ses dossiers, sauf le mail archivé qu'elle supprimera de son ordinateur. La prédiction de Christian Perraud se réalisera : elle n'est pas près de l'oublier. L'incertitude qui la ronge continuera de s'enraciner. Elle s'effacera par moments, puis à l'occasion d'une information au journal télévisé, d'une conversation avec des collègues, d'un mouvement social, elle lui reviendra en plein ventre, comme un boomerang. Si Emi avait ouvert ce mail plus tôt, si elle avait reçu Christian Perraud et écouté ses griefs, elle aurait compris qu'il n'a jamais projeté de mettre fin à ses jours. Il n'était pas dépressif mais en colère, une colère noire et profonde, il était prêt à en découdre et en savait assez long sur les manquements de l'entreprise pour l'affronter, peut-être même la faire plier. Le volant lui a échappé et sa revanche lui a été confisquée : les décisions n'échappent pas aux caprices du hasard.

Cassandre a enfilé un joli pull beige, un jean, des bottines noires. Elle est assise sur l'accoudoir du canapé et s'adresse à Alexis resté debout, dos au mur. Elle lui parle de ce contact, du contrat qui se profile, des vues sur YouTube qui se multiplient. Alexis ne répond pas, il est sombre, fermé, mais Cassandre ne se laisse pas décourager, c'est sa plus grande qualité, elle est tenace, gorgée d'une énergie qui semble inépuisable. Elle lance à son père un clin d'œil qui signifie : ne t'en fais pas, tout ira bien, je vais « gérer » – c'est son expression favorite, *je gère*. Dans dix minutes, elle demeurera muette, étourdie par le coup de tonnerre qui secouera la pièce. Elle aura honte de son père, une honte atroce, elle pleurera de rage mais ce soir, lorsqu'elle peinera à trouver le sommeil, ce n'est pas à lui ni à Alexis qu'elle pensera, c'est à Ingrid qui dormira à ses côtés. Cassandre a rencontré une autre fille, cela fait déjà un mois, un mois qu'elle a été percutée, renversée d'amour, assez pour qu'elle sache qu'elle va quitter sa compagne. Elle ne lui a rien dit : elle est dans la phase finale de sélection d'un MBA prestigieux à New York, un objectif majeur, celui pour lequel elle travaille d'arrache-pied depuis la rentrée : ce n'est pas le bon moment pour une séparation.

Alexis se mord la lèvre. Il écoute Cassandre parler d'album, de succès, de projets : d'un autre que lui, un garçon à qui tout est offert. Il pense au titre qu'il a composé hier, *Save me from eternity*, à ce trou béant qui le déchire et s'est encore agrandi le jour de Noël. Il pense que la vie l'a trompé en lui proposant de l'aimer à nouveau et que plus jamais, jamais il ne s'y laissera prendre. C'est pourtant ce qui se produira : quelques mots vont suffire à tout changer.

Pax les contemple, ces trois êtres qui comptent plus que tout au monde et son cœur se comprime, se replie entre ses poumons.

Il suffoque.

— Pax ? s'inquiète Emi. Quelque chose ne va pas ? Parle voyons !

Tout est dit

Voilà : tout est dit.

Ils sont debout face à lui, immobiles, en état de sidération.

Cassandre réagit la première. Elle lance un regard féroce à son père, prend son manteau et son écharpe, enfile ses gants en tremblant, embrasse Alexis, s'apprête à lui parler mais renonce et s'en va.

Emi est demeurée interdite. Elle fixe Pax Monnier, à moins qu'il ne s'agisse d'Émile Moreau, à vrai dire elle ne sait plus qui il est. Ce qu'elle ressent est indescriptible. Elle détache enfin son regard de cet homme qu'elle a, qui l'a, cet homme qui, et se rue dans la salle de bains. Elle y tombe à genoux, en silence, comme elle est tombée le 23 septembre 2017 devant le corps de son fils.

Pax rassemble lentement ses affaires et s'en va, foulant les cendres d'un rêve inabouti.

Il descend l'escalier, pousse la porte de l'immeuble, allume une cigarette et la fume, aspirant de longues bouffées. Les volutes de fumée blanche s'ajoutent au brouillard humide qui règne en cette fin de journée. De la forêt voisine s'élèvent des cris d'oiseaux.

Il s'apprête à partir puisqu'il le faut bien, mais une main se pose sur son épaule.

— Reste encore un peu, dit Alexis.

Valérie Tong Cuong
au Livre de Poche

Par amour n° 34800

Deux familles emportées dans la tourmente de la Seconde Guerre mondiale : d'un côté, Joffre et Émélie, concierges d'école durs au mal, patriotes, et leurs enfants ; de l'autre, le clan de Muguette, dont l'insouciance sera ternie par la misère et la maladie. Du Havre à l'Algérie où certains enfants seront évacués, cette fresque puissante met en scène des personnages dont les vies s'entremêlent à la grande Histoire, et nous rappelle qu'on ne sait jamais quelles forces guident les hommes dans l'adversité.

DE LA MÊME AUTEURE :

Big (1997, Nil Éditions, 1999, J'ai Lu, 1999).

Gabriel (Nil Éditions, 1999, J'ai Lu, 2001).

Où je suis (Grasset, 2001, J'ai Lu, 2006).

Ferdinand et les Iconoclastes (Grasset, 2003, J'ai Lu, 2006).

Noir dehors (Grasset, 2006, J'ai Lu, 2017).

Providence (Stock, 2008, J'ai Lu, 2010, prix Version Femina-Virgin Megastore).

L'Ardoise magique (Stock, 2010, J'ai Lu, 2013).

La Battle, histoire courte (Les Éditions du Moteur, 2011).

L'Atelier des miracles (JC Lattès, 2013, J'ai Lu, 2014, prix Nice Baie des Anges).

Pardonnable, impardonnable (JC Lattès, 2015, J'ai Lu, 2016).

Par amour (JC Lattès, 2017 ; Le Livre de Poche, 2018, Prix des lecteurs du Livre de Poche, prix de l'Académie des sciences, des arts et des belles-lettres de Caen).

Le Livre de Poche s'engage pour
l'environnement en réduisant
l'empreinte carbone de ses livres.
Celle de cet exemplaire est de :

200 g éq. CO$_2$
Rendez-vous sur
www.livredepoche-durable.fr

PAPIER À BASE DE
FIBRES CERTIFIÉES

Composition réalisée par PCA

Achevé d'imprimer en France par
CPI BRODARD & TAUPIN (72200 La Flèche)
en juillet 2020
N° d'impression : 3039701
Dépôt légal 1re publication : août 2020
LIBRAIRIE GÉNÉRALE FRANÇAISE
21, rue du Montparnasse – 75298 Paris Cedex 06